What Will the Future Bring?

"Taíno *Ni Rahú*" Series, Book 5 of 10

Lynne Guitar, Ph.D.

Illustrations, Nathalie ("Tali") Saxton de Pérez

Titles in the Taíno Ni Rahú Series:

Website: lynneguitar.weebly.com
lynneguitar@yahoo.com

ISBN-13: 978-1975715342
ISBN-10: 1975715349

DEDICATION

These books are dedicated to my daughter, Eileen Julian, and my grandsons Krishna, Jagan, and Darshan Nautiyal, whose voracious appetites for good books motivated me to write them, as well as to my daughter Leidy Medina de Batista, my dear friend Jorge Estévez, and all the other descendants of the Taíno people, so you can be even more proud of your ancestors and of yourselves—for you are the flesh and spirit of the living Taíno people.

"... imagined, but not invented."

Joyce Carol Oats

—AUTHOR'S FOREWORD—

I first visited the Dominican Republic in 1984, which is when I fell in love with the history and culture of the Taíno Indians (pronounced "tie-ée-no"). When we say "Taíno" today, however, it is important to know that we are really talking about at least six different Indigenous tribes and one nation of people, each with its own language and customs, who lived on the islands of the Greater Antilles in 1492, when Christopher Columbus claimed them for Spain. The most advanced group in terms of agriculture, commercial trade, art, religion, and political organization were the people of the Taíno Nation, who called out "Nitaíno! Nitaíno!" to the Spanish ships, a word that means something like "family" or "relatives" in their language, not "noble or good people," as historians have long believed. The Spaniards reduced it to "Taíno" and used it for all of the Indigenous peoples of the Caribbean except those whom the Taíno called Karibs (meaning "the Fierce People"), who settled the islands of the Lesser Antilles. Karibs call themselves Kalinago.

For five centuries it was believed that the Taíno were totally wiped out by around 1550, but new research has proven that was a myth. In 1492, there were most likely 4 million or more Indigenous people on the island of Hispaniola alone, not 200,000 like the Spanish chroniclers wrote. (Hispaniola is the island that is shared today by the Dominican Republic and the Republic of Haiti, and is called Santo Domingo by most Dominicans.) Today we know that approximately 10% to 20% of the Indigenous peoples of the Greater Antilles survived the Spanish Conquest, merging their genes and their cultures with those of Europeans, Africans, and other Native peoples to become modern-day Dominicans, Haitians, Cubans, Puerto Ricans, and Jamaicans.

These stories about Kayabó, Anani, and their family are works of fiction, but are based on the actual daily lives, values, and beliefs of the Taíno people, according to the latest research. There is still so much to learn about them! I hope that some of you readers are encouraged to continue the research.

—*Taíno ti* (May the Great Spirit be with you)
Lynne Guitar (Ph.D. in Latin American History & Cultural Anthropology, Vanderbilt University, U.S.A.)

Brief Autobiography: I lived as a permanent resident, teacher, historical-cultural guide, writer, administrator of study abroad programs for CIEE (Council on International Educational Exchange), and independent researcher in the Dominican Republic from 1997 through January 2016. The Ni Rahú Cave is in La Piedra, just northeast of Santo Domingo, the Capital. Retired, I now reside in the U.S.A. again, where I hope to write and publish all the historical-fiction books I never had time for while working.

Linguistic Notes: 1) Specialists in Puerto Rico and the U.S.A., among other places, are attempting to reconstruct the Taíno language. They have requested that we use the letter "k" to represent the hard sound of the letter "c" when writing words such as "kacike," "yuka" and "konuko," instead of a "c" like the Spaniards use, to ensure that the pronunciation is correct. 2) When referring to the Taíno Nation or Taíno People as a whole, "the Taíno," without the final "s," is correct. "Taínos," with an "s," refers to particular groups of individuals. I have followed these practices in my books.

Historical Background & Characters, What Will the Future Bring?

The two main characters in the series are Kayabó and Anani, a Taíno (pronounced tie-eé-no) brother and sister. Kayabó is now 14 and Anani 12 ½ when this part of the story takes place in October of 1490. They live in Kaleta (*Kah-láy-tah*), a Taíno fishing village on the Caribbean Coast, just east of today's Santo Domingo, where the town of La Caleta still stands. This story, however, takes place west of Kaleta, at what today is Port-au-Prince, Capital of the Republic of Haiti. It was once known as Xaraguá (*Harh-ah-gwuá*), the largest and most culturally advanced of the Taíno chiefdoms on the island. Anani stayed here with the young Anakaona, who today is the most beloved of all the Taíno women who ever lived, while Kayabó and several of Anani's male family members went on a long trading voyage to the Land of the Maya. They have just returned, so we learn a little about Mayan culture, which we can compare to Taíno culture. Anani tells Kayabó about her spirit journey to the future and the arrival of some very dangerous *arijua* (strangers)—they are Christopher Columbus and the Spanish conquistadors, who will land upon the northern shore of the island in just two years.

Kayabó (kah-yah-bóh)—His name means "where there is abundance" in Taíno.
Anani (ah-náh-knee)—Her name means "water flower" in Taíno.

Akobo (ah-kóh-boh)—An old fisherman and sea trader from Kaleta.

Anakaona (ah-nah-kah-óh-nah)—One of Kacike Bohechío's sisters, Anakaona is only 15 years old when she meets and befriends Kayabó and Anani. She marries Kaonabó, the Kacike of Maguana, which was the second largest and most culturally advanced of the residential/political regions on the island after Xaraguá. When the Spaniards arrived, and both her husband and her brother died, she became the *kacika* (chieftess) of both *kazcikazgos* (chiefdoms). Also known as "The Poetess," today she is the best known and most beloved of all the Taíno women who ever lived.

Atabeyra (ah-tah-báy-rah)—She is the divine mother of the most supreme of the Taíno spirit guides, Yucahú Bagua Maorokotí (he rules over both *yuka* and the sea). Atabeyra rules over the moon, fresh water, and fertility. She is Anani's principal spirit guide.

Bamo (báh-moe)—One of the Kayabó and Anani´s 3 fathers; he leads the trading voyage to the Land of the Maya.

Birán (bee-ráhn)—Anani´s faithful *aón* (dog), she named him for Opiyelguabirán, the half-man/half-dog guardian of the entry to Koaibey, the Taíno heaven or afterworld.

Bohechío—Kacike of Xaraguá, the largest and most culturally advanced of the kacikazgos (chiefdoms) on the island. He had more than 30 wives, and Anakaona was one of his sisters.

Guakanagarix (gwah-kahn-ah-gar-ísh)—Kacike of a small region on the north coast; after Spaniards arrived, he allied with Christopher Columbus, probably to gain power.

Kaonabó (kah-oh-nah-bó)—The Kacike of Maguana, second largest of the island´s residential/political regions, Kaonabó was originally from an island in the Bahamas/Lucayos chain. He married Anakaona, who became the Kacika of Maguana after his death in 1494. He had many wives, but the one he really loved was Onanay, who was also from the Lucayan Islands. Accused of killing the Spaniards whom Christopher Columbus had left behind at Fort La Navidad on the north coast of Hispaniola when his flagship, the *Santa María*, sank on Christmas night, Kaonabó was eventually tricked and captured by the Spaniard Alonso de Ojeda in early 1494, and shipped off to Spain for trial. The ship that he was on was lost at sea.

Kukulkán (kuu-kull-khán)—He is the Mayan "Feathered Serpent" spirit. Many tales are told of him and many temples were dedicated to him.

Makuya (mah-kuú-jah)—He is the elderly *behike* of Xaraguá who is a caring teacher and like a grandfather to Anani.

Majagua (ma-há-gwua)—One of Kayabó and Anani´s older brothers; he protects and guides Kayabó.

Onanay (oh-nah-náy)—The only one of his many wives that Kacike Kaonabó is said to have loved, she is from the Lukayos Islands (Bahamas), like him.

Tz´í (tiz-ée)—The Mayan word for "dog" and also the name that Kayabó gave the Chihuahua from the Land of the Maya that he gifted to Yajima, who became his wife and mother of his children.

Yajima (jah-hée-mah)—The young woman of Xaraguá with whom Kayabó falls in love and marries.

What Will the Future Bring?

Lynne Guitar, Ph.D.

Refreshed, Kayabó and several of his older brothers took up their oars again, having slept most of the night in the bottom of the *piragua* (large canoe-like boat), while those who had been rowing all night lay down in the bottom of the boat to rest. Two suns had passed since they left the southernmost part of the island of Cuba. They landed on their home island along the uppermost western shore in the *kacikazgo* (chiefdom) of Kacike (Chief) Guacanagaríx. There they had refilled their gourds with fresh water and traded a few pieces of obsidian that they had obtained in the Land of the Maya with the local people for *kasabe* (Taíno bread), smoked fish, and fresh fruit. Last night, Akobo, the old trader who had accompanied Kayabó's family members on their long journey to the Land of the Maya, assured them that they would arrive in Xaraguá sometime before high sun, as long as there were no contrary winds.

Kayabó could not decide whom he had missed more while on this voyage to the mainland, his sister Anani or Yajima. He and Anani had developed a very close relationship when the two of them saved their people in Kaleta from a severe drought two years ago by finding a sacred cave system with a vast deposit of fresh subterranean water that was now called the *Ni Rahú* Cave (Children of the Water Cave). He had fallen in love with Yajima before leaving Xaraguá for the land of the Maya a little less than a year ago. Would Yajima still care for him, or had she fallen in love with someone else in his absence? Worry gnawed at his stomach.

Majagua, one of Kayabó´s older brothers, who was rowing beside him, jabbed him in the side. "Why such a sad face, little brother?" he asked.

"I am not sad, Majagua," said Kayabó. "Just the opposite. I am excited… but also a bit nervous about seeing Yajima again. Do you think she will have forgotten about me?"

"Nonsense, little brother. I am certain that Yajima will be just as happy to be with you again as you are to be with her. Besides, you are bringing her a special little present that will make her the envy of everyone in Xaraguá."

It was just before the noon meal time. Anani was seated under the shade of a large tree with her faithful *aón* (dog), Birán, high above the main *yukayeke* (residential area) of Xaraguá, looking out to sea, where she hoped to be the first to see her family's red *piragua* on the horizon. Only one moon ago, during her coming-of-age ceremony, she took the sacred *kojoba* drug (aids communication with spirit guides) so she could speak more clearly with her *cemí* (spirit guide) Atabeyra. During that spiritual journey, when she became officially an adult, she was told that her brother Kayabó and the rest of her family would soon return from their trading journey.

After looking one more time to the north, the direction from which they should be arriving, she also looked west and south, just in case they'd been blown off course, before standing up to walk down the mountain—but she could not help looking north again as she rose to her feet.... And there it was! It was only a small red dot on the far horizon, but she was sure it was them. Calling out to her friend Anakaona, she and Birán ran at breakneck speed down the foot of the mountain toward the beach.

Anani veered past the *bohío* (home) that belonged to Yajima's family on her way to the beach, to let Yajima know that Kayabó had returned. She could run faster than Yajima, however, so she was first to arrive and wade out into the water to receive her family's *piragua* after their long voyage.

"Careful, Anani!" yelled out Kayabó, laughing, because she almost pulled him into the waves by hugging him enthusiastically while he was trying to climb out of the boat.

Anani then waded all around the *piragua*, hugging Bamo, one of her fathers, and pressing her forehead warmly against his, then hugging and forehead-greeting each of her brothers, the husbands of her sisters, and Akobo, who had accompanied them. She stepped aside as Anakaona and Yajima arrived, along with a dozen men from Xaraguá, who entered the water to help pull the boat ashore and carry the trade goods and personal belongings to the *kacike's kaney* (chief's residence) for safekeeping.

When she turned to look for Kayabó again, he was nowhere to be seen—nor was Yajima.

As the sun was setting, many of Xaraguá's women were busy preparing a huge feast of welcome for the returned traders: succulent roasted fish and the tiny tubers called *lerenes* that tasted like the tender insides of the kernels of *ektor* (maiz/corn) and were only available in this season, *ajiako* (traditional pepperpot stew), *kasabe* bread, and fresh fruits of all kinds. Several men were setting up torches and piling up others to last most of the night, for there would be many stories to accompany the meal and an *areito* (song and dance celebration) afterward.

Kayabó and Yajima were seated upon a large straw mat near the *kacike's kaney*, playing with a small animal, when Anani, Anakaona, and Makuya, the *behike* of Xaraguá, who was like a dear grandfather to Anani, arrived.

"Oh, how tiny he is!" said Anakaona, picking up the little creature and cuddling it to her chest, while Birán sniffed it curiously. "It is an *aón*, isn't it?" she asked.

"Yes," responded Yajima, giggling. "I have named him Tz'í," she continued, "since Kayabó says that is the word that the people in the Land of the Maya use for this kind of *aón*."

"He will not get much larger than this," said Kayabó. "Or at least, none of the *tz'í* that I saw among the Maya grew much larger."

At that moment, the tiny dog turned to snap at Birán, who was still sniffing and licking him. The tiny dog let out a series of very sharp, very loud barks.

"I sincerely hope that Yajima can train him not to bark," said Kayabó, as all three women reached out to sooth and quiet the young puppy, "for in the Land of the Maya, they bark a lot, but that is not acceptable here. I was warned he would not make a good present for Yajima because of his barking and because, being so small, he cannot join in the hunt for food with our *aon*, but he and his kind are so funny and lovable, I could not resist."

"I will teach him to behave," said Yajima, confidently, taking him into her arms again, as the rest of Anani and Kayabó's family gathered around them on the mats, staring at the dog and shaking their heads at his bad behavior as they sat down.

Tz´í had just quieted down when Kacike Bohechío, his wives, his sisters—except for Anakaona, who had come with Anani—and all their children came in. The children were playing flutes, whistles, and rhythm instruments made from hollowed gourds and dried nuts. Many were singing the welcome song.... The little dog began to bark again, but quieted when Yajima snatched up a small piece of roasted fish for it from one of the baskets that the young women of Xaraguá had begun to pass out, along with other platters, baskets, and gourds overflowing with food.

When everyone was nearly finished with the meal, the *kacike* arose and asked Bamo to send up one of his men to tell his people about their visit to the Land of the Maya. Bamo pointed to Kayabó, who reluctantly arose and whispered something in Yajima´s ear before climbing up onto the roofed porch of Kacike Bohechío's *kaney*. Bohechío stepped aside to sit on his *dujo* (special chair), facing Kayabó from about ten paces away. Meanwhile, Yajima and Majagua arose silently and left the group—Yajima first bending down to pick up Tz'í—entering the *kacike's kaney* from the side entrance.

After greeting all of the people gathered together there in Xaraguá and thanking them again for their warm welcome and hospitality, Kayabó began to talk about his family's recent journey.

"We did some excellent trading along the southern coast of Kuba after leaving Xaraguá," Kayabó began, "collecting more cotton cloth and *kojiba* (tobacco), and stocking up on fresh water, smoked fish, and fruits. Then we crossed the open sea to the Land of the Maya without incident, well, except for losing the salt—we neglected to follow the good advice we were given about keeping it well protected from water, and during a *baguada* (storm formed over the sea), it all melted away." He shrugged as everyone laughed.

"Anyway, Akobo," he nodded toward where the old trader was sitting, "steered us directly to Zama, which appears to mean something like 'Residence of the Dawn' in their language. It is a large Mayan residential area built on top of very tall cliffs that rise up above the sea, facing the sunrise. Zama was an amazing sight, for it has more than four times as many inhabitants as Xaraguá and is completely surrounded by high stone walls, for protection from invaders. There are hundreds of steps up from the port to the protected area above.

"Inside the protected area of Zama," Kayabó continued, "there are immense temples called pyramids, built of stone. They are higher than the tallest trees, with many steps leading up each of their four sides, and round platforms on top. Their priests study the heavens from these platforms and, on religious ceremonial days, they perform horrible blood sacrifices to their *cemí* especially to a *cemí* they call Kukulkan, whom they envision as a feathered snake. There are vast plazas and market places within the walls, and there are *bateyes* (ball courts/principle plazas), where they play a ball game similar to ours—except that the losing team members lose their heads!"

Kayabó waited a few moments until the shocked comments from his audience faded. "Around these temples, plazas, and markets," he continued, "are the large stone homes of those of noble birth. Their *kacike*, whom they call an *ajaw*, lives in an ornate stone building that is almost as large as the temples, and there are countless other smaller, but still large homes built of stone. Most of the people of Zama, however, because they are not of the noble class, live outside the walls in *bohíos* similar to ours, made of palm leaves and woven grasses.

"After we had befriended some of the Mayan traders, I asked about the stone buildings, for they must require a nearly unimaginable amount of labor and many, many months to build," continued

Kayabó. "I was told by several Mayans that building with stone is worth all the effort because stone homes and walls protect them from the strong hurricane winds that often sweep in from the sea. Besides, their land is almost barren of trees, so wood is scarce.

"Zama is famous among all the peoples of the mainland and nearby islands for their lucrative trade in obsidian, jade, cocoa, *guanín*, and *guanines* (a type of bronze and medallions made from it), for the residents have ready access to all the trade routes, both by land and by sea.

"For me, however, some of most fascinating things about Zama and the other residential areas of the Maya that we saw, is that everyone there prefers to eat *ektor* in a wide variety of forms. They grow *yuka* (a tuberous vegetable), but eat it only in *ajïako*, not as *kasabe* (Taíno bread). And they keep very small *aón* that they call *tz'i*. The tiny dogs are useless for hunting, but their owners are greatly attached to them. I also found it very odd that in a land of so much heat and little fresh water, the people adorn themselves with pieces of cloth that cover most of their bodies." Kayabó paused, whistled, and turned expectantly toward the main door of the *kaney*.

Yajima and Majagua stepped out onto the porch and walked over to stand near him, bowing first to the *kacike*, then turning to face all of those who were seated watching them. Everyone gasped in surprise, for Yajima was covered from neck to toe in a white, colorfully embroidered cotton skirt that fell to her ankles and a long, square-cut embroidered blouse with short sleeves. She was holding Tz´í, who immediately began to bark ferociously at the audience, which made them laugh, for the *aón* was very tiny, but his sharp, loud bark made him sound ferocious.

Standing tall beside Yajima was Majagua, also in a long white cotton skirt—although not as flowing as Yajima´s and only embroidered along its hem, which hung just above his ankles. He also wore a colorfully woven, fringed serape over his shoulders that fell to below his waist. Kayabó indicated with his right hand that both of them were to turn in a circle to show their clothing from all angles, which they did, as excited chatter arose from the audience. Several onlookers had raised their fingers to point and laugh at Majuagua, while most of the watchers more politely covered their faces and giggled because, among the Taíno peoples, only married women wore *enaguas* (like a skirt, but only covers the front), and only married women who were of noble birth wore long *enaguas* like Majagua´s.

Kayabó, Majagua, and Yajima turned to the *kacike* to take their leave, and stepped down from the porch. Bamo took their place. Several other members of the family stepped up with bundles of gifts, which they unwrapped so that Bamo could present them to Kacike Bohechío, his wives, and his children. The first gift for the *kacike* was a brilliantly shining *guanine*, with an artful depiction of the sun and its rays, hanging on a soft cord of braided

paused to think for a moment, then continued, "The pictographs here are in better condition, perhaps because there are no pools of water in this cave. I think that the humidity in the air damaged the paintings in our cave."

The two of them sat underneath the pictograph of the *aón*, their backs against the wall, and propped up the lit torch with small circles of rocks, which they picked up off the floor of the cave. They laid the second torch on the floor, to use when the first burned out. Birán settled down in between the two of them.

Taíno pictograph of giant *aón*, photo by Lynne Guitar.

After a few moments of silence, while both absorbed the healing spirit of the cave, Anani said with a giggle in her voice, "I, too, traveled far away while you were gone, Kayabó… but I did so without even leaving this cave."

Kayabó looked deeply into his sister's eyes, which glittered, reflecting the torch's flame. "Tell me about it," he whispered, taking her hand.

Kayabó listened attentively as Anani told him of the journey with her spirit guide, Atabeyra, to the realm of the *cemí* on the day of her coming of age ceremony, conducted by Makuya. She told him about taking *kojoba* and about seeing the strange pale-skinned men with dark hair all over their faces and heads, and even on their arms, and with hard shells around their bodies, like insects. She told him how they would arrive in boats that were far larger than her family's *piragua*, huge boats with white wings that stretched into the heavens and allowed them to fly swiftly across the waves without the need of oars. And she told him how Atabeyra had said that these *arijua* (strangers) would be even fiercer *akani* (enemies) than the *karibes* (Caribs).

Birán began to whine. An eerie sound.

Kayabó realized that Anani was trembling. He reached over to enfold his little sister in his arms. "I will protect you from them," he said.

"I know," replied Anani, looking up at her brother, her eyes full of love and trust. "Atabeyra told me so. She said that you and I, together, will protect both our people and our culture from the new *akani* when they arrive."

The two of them spent several more hours together in the cave, sharing what had happened to each of them during the year that they were apart. Kayabó told her of terrifying storms at sea, and the waterspouts that had narrowly missed them, about seeing huge mountains, taller than she could imagine, and volcanos that shook the ground, smoked, and emitted flowing rivers of flaming rock. He also talked of the many different peoples they had met and their often strange customs.

In return, Anani told him of the battle between the warriors of Xaraguá and the *karibes* who had landed nearby, the many things she had learned from Anakaona about ceramics, wood sculpture, weaving, and creating delightful poetry, and what she had learned from Makuya about healing and negotiating with the dangerous founder spirits.... And they talked in more depth more about the vision Atabeyra had given Anani of the mysterious *arijua* whom she warned were more dangerous than the *karibes*, whose atrocities were the stuff of their peoples´ nightmares.

"I do not understand how we are to protect our people and our culture from these *arijua*," said Kayabó. "Do you think that Makuya could find out some more about them?"

"We can certainly ask him," said Anani.

Late that evening, a messenger told Kayabó that Makuya had agreed to see him and his sister in the morning, after the sunrise blessing.

"*Taigüey* (good day), Anani," said Kayabó the following morning, as his sister and Birán exited the *bohío* where she had been living.

"*Taigüey*, dearest brother," she responded with a smile, as Anakaona and several of Kacike Behechío's other sisters left the *bohío*, heading for the *batey*, where ball games, *areitos*, community-wide meetings, and general blessings took place.

Makuya and his apprentices were already in place, as were several hundred of the people of Xaraguá, for *güey* was just about to rise. Facing the rising sun, Makuya held up a stone bowl with fragrant incense inside and began to address the founder spirits as the black smoke spiraled upwards. He turned slowly to face each of the other three directions as well, asking for peace and plenty today for his people and those of Kaleta.

The others began to leave, but Kayabó and Anani stayed to accompany Makuya to his *bohío*, where his apprentices had prepared a hot cereal made from *ektor* (corn) and fresh chunks of ripe *papaya* to break their fast. Kayabó carried a large *higüera* full of a hot drink called *kakaua* from the Land of the Maya, from which he filled smaller gourds to pass around to Anani, Makuya, and his apprentices.

They sat down on the woven mats that had been placed under the shade of a guava tree that grew beside the *bohío*. Makuya blessed the food, thanking the *ektor*, *papaya*, and *kakaua* plants for sharing their strength with them, and they began to eat.

Anani took a sip of the hot *kakaua*. "Aiyee!" she exclaimed, taking another sip. "This is the most delicious thing I have ever tasted!"

Kayabó laughed as he sipped from his own small *higüera* of *kakaua*. "It is delicious, especially when flavored with cinnamon, vanilla, and *ajíes* (spicy peppers), like this drink. Among the Maya, it is considered to be the preferred drink of the divine," he explained. "Only the *ajaw* and his family, and the head priests, are allowed to drink it. And I was told that even a few seeds could be used to obtain the most exquisite trade goods."

"I must plant some of these *kakaua* seeds in Kaleta," said Anani. "I want to drink this every day!" And she emptied her *higüera* into her mouth, tapping the bottom to ease out the last tasty drops, which she captured on her outstretched tongue.

A few minutes later, setting aside his empty gourd bowl and cup, Makuya opened the conversation: "I have spent the past two days in communion with my spirit guides, but I fear that I have nothing much to add to what Atabeyra has already revealed to Anani about the *arijua* who are coming to our island. The little that I have been able to learn is terrifying."

Makuya closed his eyes and was silent for a few moments before continuing, "They will bring with them new diseases for which we have no cures, plus spears and long knives made of a strange material that is far stronger than our hardened wood spears, although similar to the obsidian that you brought from the Land of the Maya, Kayabó. And they have other fierce weapons that spit smoke and fire and can kill from a great distance."

He looked off into the distance, then continued, "Many of us will die from the diseases that these *arijua* carry, including me."

Makuya paled and his voice shook like that of an old man as he continued. "Yes, I have foreseen my own painful, lingering death and that of most of my people. So many will die from the new diseases! And with their superior weapons, these *arijua* will enslave the survivors…. But not all of them."

He sat up straighter and looked first into Kayabó's eyes, then into Anani's, smiling, albeit weakly, as he said, "Anani, as Atabeyra already revealed, you and Kayabó will lead some of our people into hiding in remote parts of our island, where the *arijua* will seldom venture. There you will live as we have always lived, teaching our values, our beliefs—but you will also fight back against the *arijua*.

"You will have the help of yet another race of *arijua*," he continued. "I know very little about them, but they are quite different from the *arijua* with the winged ships and weapons that spit fire. Their skin is black, but in many ways they are like us—and their future is linked to ours."

Makuya took a deep breath before continuing: "You must also maintain your friendship with the *kacike*'s sister, Anakaona. My vision of her link with your future was not very clear, but I know that one of her bloodline will join you and become a great leader in the resistance against the *arijua*."

"The future sounds pretty bleak, Makuya," said Kayabó, putting his arm around his sister's shoulders, for Anani had begun to cry. "How do we prepare, and when will these *arijua* arrive?"

"In preparation, you and Anani must learn from all the people you admire, Kayabó, whether they be man, woman, or child," said Makuya. "Learn and remember. And act when you see the necessity. Do not wait for others to take the lead." He leaned back and rubbed his forehead, as if it hurt. "As to when the *arijua* will arrive, I have tried very hard to penetrate the clouds that hide the future from us, but was unsuccessful. It feels, however, as if that time is not very far away."

Anani wiped her eyes and broke in at this point, saying, "Atabeyra could not tell me when they would arrive, either, but she did say that Kayabó would be married to Yajima and they would have three children before the *arijua* came to our part of the island."

In total, the trading sessions between Kacike Bohechío's men and Kayabó and Anani's family consumed nearly 10 days. Then it was time to return to their home, Kaleta, but not before a formal union between Kayabó and Yajima was agreed upon. Bamo and Kayabó gave all the women of Yajima's family large pieces of beautiful cloth, embroidered by Mayan women, and gave the men of her family sharp pieces of obsidian with which to make knives, spear heads, and arrow heads. He gave the matriarch of the family a handful of the long, colorful Ketzal feathers, and a colorfully embroidered blouse, with which she was much pleased.

Yajima and most of her family came to see them off on the morning of their return journey to Kaleta, as did Anakaona and Makuya, who had taught Anani so much during her year with the people of Xaraguá.

Anakaona stepped into the waves to get final hugs from both Kayabó and Anani. "Until we meet again, dear *guátiaos* (similar to adopted brother and sister)," she said to the two of them, gently touching Anani´s forehead with her own.

"I wish I could have stayed to see you marry the Kacike Kaonabó," said Anani. "I am told he is strong, tall, and very handsome... and he is the most powerful *kacike* on the entire island, after your brother Bohechío."

"Yes, I know," said Anakaona, with a sad smile as she stepped away toward shore. "But he already has many other wives, and I am told he loves but one. She is called Onanay."

Both Kayabó and Anani saw the tear that rolled down her right cheek.

Yajima waded into the water for one more hug from Kayabó. "When will you come back?" Yajima whispered to him, while Anani joined Makuya to conduct the blessing of the *piragua* to ensure their safe journey home.

"As soon as I can my love," replied Kayabó, pressing his forehead lovingly against Yajima's.

Blushing, Yajima said, "And when you return to Xaragua, I hope there are three of us to greet you," indicating Tz´í, tucked in her left arm and placing her right hand on her belly.

Kayabó smiled lovingly at her, unwilling to tell her that he was in no hurry for her to bear his children, because it would bring the *arijua* faster. He then embraced her warmly again and scratched the little *aón´s* head before joining his father and brothers, who were climbing into the *piragua*.

The blessing completed, he and Makuya helped Anani into the *piragua* as it glided toward deeper water en route to the southeastern coast of the island, to Kaleta.

—THE END—

Lynne A. Guitar, Ph.D.

Glossary & pronunciation guide for English speakers, *What Will the Future Bring?*

ají (ah-hée)—The Taíno word for "hot peppers."

ajiako (ah-hee-áh-koh)—A kind of stew called "pepperpot" in English that is made from a wide variety of Indigenous tuberous vegetables and whatever protein is available, flavored with hot peppers and the sweet-sour "vinegar" made from the cooked juice of bitter yucca, which is extremely poisonous if not correctly processed. (Indigenous peoples of South America and Central America use it to poison their arrow tips). *Ajiaco* is still eaten on a daily basis by many Indigenous peoples of Venezuela and Columbia, and is the "grandfather" of the delicious stew called *sancocho* or *salcocho* that is the favorite Dominican fiesta dish today, made with tuberous vegetables, several kinds of meat, plantains and corn, all flavored with the juice of the sour orange.

akani (ah-káh-knee)—Taíno word for "enemy."

aón (ah-ówn)—The yellow, medium-sized dogs that accompanied the Taínos' ancestors in their *kanoas* along the chain of Caribbean islands from the region of the Amazon and Orinoco rivers were called *aón*. Their descendants are still found across the entire island of Hispaniola today, mixed with other breeds of dogs. The Spaniards wrote that the *aón* were mute—that they could not bark—but archaeologists have found no physical reason for this. It is more likely that since they were puppies, Taínos taught *aón* not to bark, like other dogs of Natives across the Americas. Thus they do not frighten the prey of the hunters nor indicate to their enemies where their people live.

areíto (ah-ray-eé-toe)—To celebrate the birth of a baby, a wedding, a good harvest, an important visitor, other special events, or just for fun, Taínos held a song-and-dance festival called an *areíto* where they sang their histories, dancing together arm-in-arm in the *batey,* which was like a community plaza in front of the *kacike's kaney* (chief's house). The musicians kept the beat by playing *mayohuakanes* (drums carved from hollow tree trunks), *güiras* ("scraper" instruments made out hollow gourds), *marakas* (rattles), flutes, whistles, and a variety of rhythm instruments made from shells, nuts, seeds, and other natural objects.

arijua (ah-rée-hwua)—Taíno word for "strangers."

babiyaya (bah-bee-yáh-yah)—The Taíno word for "flamingo."

baguada (bah-gwáh-dah)—From the Taíno word *bagua* (ocean or sea), this is a fierce storm that comes from the sea and brings lots of water with it.

batey (bah-táy)—The word *"batey"* refers to the main plaza of the Taíno residential areas, built in front of the *kacike's kaney*, but it appears to have first been known as a *batey* because it was the playing court for their game of ball that is also known as *batey* (the game is known as "batú" in some regions). Taínos played the game as a sport and also as their justice system. Whenever there was a dispute, whether it was between individuals or two different groups, they chose team members and played a game of *batey*, with the *behike* first invoking the divine founder and guiding spirits to decide the outcome. Whichever side won, the loser did not question the judgement, for it was by divine intervention. This kept fighting to a minimum among the Taínos.

behika/behike (bey-eé-kah/bey-eé-kay)—Like the sun and the moon, Taínos had two equally important leaders, *behikes/behikas* (males/females) and *kacikes/kacikas* (males/females). The *behike* or *behika* was the religious leader, healer, teacher, principal artist, and umpire for the very important ball game called *batey*, which was a religious rite as well as a sport, and also served as Taínos' court of law. The *behike* or *behika* conducted most of his or her religious rituals inside sacred caves, which were seen as portals where representatives from the physical world of human beings and from the divine world of the spirits could come together and negotiate agreements for their mutual benefit. That was considered to be a complicated and dangerous responsibility for the *behike* or *behika*.

bohío (boh-eé-oh)—This was the common kind of Taíno house. It was round with a small entry door and a tall wooden pole in the center. There were side poles, woven walls of green sticks or grasses, and a cone-shaped roof. Inside there were "tapestries" woven of natural grasses of many colors, hollow gourds to hold household items, and *hamakas* to sleep in at night. In the cooler months and high in the mountains, a fire in a round stone fireplace kept everyone warm while the smoke went out the central hole in the roof.

cemí (say-meé)—This is a difficult word to define because the same word *cemí* refers to the spirit or essence of a deceased person; the spirit or essence of one of the founding figures of the Taíno world, who are what we would call mythical figures; the spirits of nature, like hurricanes and the sea; and the physical objects and symbols that represent them in paintings, tattoos, stone carvings, woven baskets, and all sorts of sculptures, etc. Note that, just as Christians do not worship the cross or crucifix, but what the cross and crucifix represent, just so Taínos did not worship the symbols or sculptures of their *cemí*, but the spirits that they represented.

dujo (dúe-hoe)—This small stool for use by Taíno *kacikes* and *behikes* was normally carved out of wood, but some have been found that were carved in stone. The carved designs were often very elaborate, and it is believed that the carved faces and symbols were meant to show that the person seated there was not alone, but was always accompanied by his spirit guides. The ones with tall back rests were used to support the head of the person seated there while he inhaled the powdered drug called *kojoba*, which put him into a brief trance, during which he could communicate more easily with his spirit guides.

ektor (eck-tore)—Taíno word for "maiz/corn."

enagua (eh-náh-gwa)—A small "skirt" for women made of cotton that only covers the front. Only married Taíno women wore them, and the more noble the woman, the longer the *enagua*.

fotuto (foh-toó-toe)—A conch-shell trumpet.

guatiao (gu-wháh-tee-ów)—Taínos had a ritual called *guatiao* for uniting two people together as if they were members of the same family, without being related by birth or married to each other. It was a name exchange ceremony. For example if two men named Guababo and Akanorex entered into *guatiao*, Guababo would forever after be known as Guababo-Akanorex and Akanorex as Akanorex-Guababo. In this way, their relatives would recognize that they owed the same family rights and obligations to both.

guanín (gwah-neén)—A mixture of gold, silver, and copper, *guanín* was a kind of bronze smelted and used by the Maya Indians and coveted by Taínos, who did not know how to smelt metal. Indigenous peoples valued *guanín* more than pure gold because it shone more like the color of the sun than pure gold, which the Spaniards never understood.

guanine (gwah-neé-nay)—Among other items, Taínos traded for medallions made of *guanín* that they called *guanine*, which were most frequently made with symbols of the sun and worn by only the highest ranking Taíno *kacikes*.

¡guay! (*gwhy*)—The Spanish chroniclers wrote that this was the most common Taíno exclamation of surprise or excitement.

güey (*gway*)—Taíno word for the "sun."

güira (gweé-rah)—A rhythm instrument often called a scraper. Taínos made it from dried, hollow gourds with incised lines. Most *güiras* today are made out of aluminum.

higüera (ee-gwhére-ah)—Taíno word for "gourd."

kakaua (kah-ców-wah)—Taínos would probably have used the Nahuatl word *"kakaua"* for what we call "cocoa" in English, and would probably have mixed it with water, finely ground hot peppers, cinnamon, cornmeal, and honey, like the Maya did. The seeds from which we make cocoa powder and chocolate grow in the fist-sized pods of the cacao tree and must be fermented to bring out the flavor. In Spanish it is spelled "cacao." Cacao seeds were so valuable that the Maya used them as money.

kacikazgo (kah-see-káhz-go)—The range of a *kacike´*s political power, his "chiefdom."

kacike (kah-seé-kay)—Like the sun and the moon, Taínos had two equally important leaders, *behikes* and *kacikes*. The closest English equivalent to *kacike* is "chief." The *kacikes* decided when to plant, when to hunt or fish, when to harvest, and how to divide the crops and other foods among their people. *Kacikes* lived in a special rectangular house called a *kaney* that had a roofed porch, and they lived with their wives (up to 30!) and children. Their *kaney* faced the main plaza. The *bohíos* (round homes) of the other residents were built around the *kaney*—the families most closely related to the *kacike* built their *bohíos* around his *kaney*, while the *bohíos* of those who were not related to them were further away. *Kacikes* had special kinds of foods reserved for them, wore elaborate clothing for ceremonial events, and were buried with precious objects to take with them to *Koaibay*, the Taíno heaven.

kaney (kah-náy)—Often defined as a *kacike´s* "palace," it was a large rectangular wooden structure with a thatch-roofed terrace on one side to house his *cemí* and where special ceremonies were held. The *kacike*, all his wives, and their children lived in the *kaney*.

Karibe (kah-rée-bay)—Taínos´s worst enemy before Spaniards arrived were called Karibes, derived from their ord for cannibal, but the Karibe called themselves Kalinago.

kasabe (kah-sáh-bay)—Taíno "bread," *kasabe* is more like what we call a cracker, for it is crispy. It is made from grated bitter yuka, which is poisonous unless all the *veicoisi* (liquid) is squeezed out before cooking it. Taíno children made a game out of squeezing out the *veicoisi*, using a *cibukán*. Like a giant-sized Chinese finger puzzle, the *cibukán* was packed with grated *yuka*, the upper loop placed over a high stub of a tree branch, and a thick branch placed through the lower loop, with a clay pot underneath. Sitting on that lower branch, the children jumped on it, which squeezed out the liquid. *Kasabe* contains lots of calories, calcium, and vitamin C, although little protein, for it is principally a carbohydrate. Once cooked, *kasabe* can be stored for more than a year without going stale, moldy, or attracting fungi, worms, or other insects.

kojiba (koh-hée-bah)—Taíno word for what we call tobacco. It seems Taínos could not imagine that anyone would not be familiar with *kojiba*, for Indigenous peoples used the herb in so many forms for healing, for relaxing, and in a wide variety of religious ceremonies. So when Spaniards asked what it was, they thought they were asking about the tube used to inhale the powdered version, which is called a *tabaco*. The Spaniards, though, thought *tabaco* meant the herb, and the word stuck for the herb in both Spanish and English.

kojoba (koh-hóe-bah)—A powdered hallucinogenic mixture of the seeds of *Anadenanthera peregrina* or *Piptadenia peregrina* (called "false tamarind" in today´s Dominican Republic), plus green tobacco and shell. The calcium in the crushed shell acts a catalyst to make the drug take effect faster. Taínos inhaled *kojoba* and went into a trance in order to communicate more clearly with their *cemí*, their spirit guides.

konuko (koh-néw-koh)—These Taíno gardens were different from the slash-and-burn gardens of most Indigenous peoples of South America. They were a series of knee-high mounds of dirt about 6 feet in diameter, where all crops were planted together: *yuka*, plus other tuberous vegetables, which provided climbing poles for the beans, plus *ajíes* (hot peppers), peanuts, and a kind of squash or pumpkin called *auyama*—the large, low-growing leaves of the *auyama* helped keep weeds from growing. Most importantly, the mounded loose dirt helped keep the plants' roots from rotting. In dry regions, Taíns built irrigation canals to water their *konukos*. Note that Taínos also grew corn, but not in the *konuko*. They grew corn principally along the nearby river banks.

lerén/lerenes (lay-wrén/lay-wrén-ace)—A tuberous vegetable that looks like a tiny potato, but when boiled, tastes like the tender inner part of a kernel of corn (called "sweet corn root" in English), with the crunchy texture of water chestnuts. Harvested in late fall, just before the rains begin, they are native to the Caribbean islands, Venezuela, Colombia, Ecuador, Peru, and Brazil. Research shows they were among the very first plants to be domesticated by Indigenous peoples of South America.

maraka (mah-ráh-kah)—Taíno "rattle." There were two very different types. The most common are the musician's *marakas*, which were normally played by shaking two at a time and were made from hollowed-out, dried gourds filled with seeds or stones, with handles attached. The *behikes* used just one *maraka*, which was made from a section of tree branch that was very carefully hollowed out, leaving a wooden ball (the "heart" of the branch) inside. The ball makes a hollow "clack, clack" sound with the *maraka* held in one hand and hit against the palm of the other.

mayohuakán (my-joe-ah-khán)—A Taíno drum made from a hollow log laid horizontally on the ground, with the ends capped and with a long H-shaped opening cut into its upper length in order to make different sounds when played with two drumsticks.

papaya (pah-pie-yáh)—This Taíno word for the delicious pink-orange fruit passed directly into both Spanish and English, with no changes. In the Dominican Republic today, however, it is called *lechosa*; you see, *leche* means "milk" in Spanish, and if you prick a hole in a green *papaya*, milk-like fluid leaks out. In Cuba it is *fruta bomba*. Note that the papaya "tree" is technically a plant that produces "berries" (from fist-sized to as large as a football). Most people, however, call the *papaya* a fruit. It is ripe when soft to the touch and when it has turned a yellow-orange color. People either love its mild flavor or totally dislike it, saying it tastes like soap. It can also be eaten green, but must then be cooked. Its seeds are also edible.

piragua (peer-áh-gwah)—Similar to a canoe but much larger and generally used for long-distance exchanges of trade goods. Some were big enough to hold 100 rowers plus trade goods!

taigüey (tie-ee-gwáy)—Literally "good sun," this is how you say "hello" or "good day" in Taíno.

yuka (yoú-kah)—Today, the most commonly eaten of the Taínos' many tubercular vegetables is *yuka*, which is written as "yucca" in English and as "yuca" in Spanish, and is called "cassava" in many parts of the world. There were many varieties, most of which have disappeared from use today. Bitter *yuka* is still used to make *kasabe* today, but sweet *yuka*, which is not poisonous, is peeled, boiled, and often eaten with sautéed onion. Delicious! Note that *yuka* provides double the amount of carbohydrates and calories as potatoes, as well as significant amounts of calcium, potassium, and vitamin C, but very little protein, although the leaves can be boiled and eaten, (they are poisonous if eaten raw), which provides some protein.

yukayeke (you-kah-yéa-kay)—Based on the word "yuka," which was Taínos´ principal carbohydrate, this is their word for a residential area (like our words town, village, or city), some of which held more than 10,000 people.

SAMPLE FROM THE SIXTH BOOK:

Hurricane!
Taíno Ni Rahú Series, Book 6 of 10

Historical Background

The two main characters in the series are Kayabó and Anani, a Taíno (pronounced "tie-ée-no") brother and sister. Kayabó is 14 and Anani 12 ½, same as in the last book, since this part of the story takes place half a month later, but still in October of 1490. They live in Kaleta (*Kah-láy-tah*), a fishing village on the Caribbean Coast, just east of today's Santo Domingo, where the town of La Caleta still stands. There are many, many caves here, including the Cueva Ni Rahú (Children of the Water Cave). On the western coast of the island is Port-au-Prince, the Capital of the Republic of Haiti, which was once known as Xaraguá (*Harh-ah-gwuâ*); there are many natural caves there, too. Hurricane season is June 1 through November 31, but the fiercest, most feared Caribbean hurricanes are those that arrive late in the season, in September, October, and even November.

Hurricane!

Lynne Guitar, Ph.D.

Kayabó, Anani, and the rest of the family from the trading journey to the Land of the Maya stopped at four fishing villages along the way from Xaraguá to Kaleta, exchanging their trade goods for more salt, stone axes, spears, fishing nets, medicinal herbs— selected by Anani—elegantly carved *higüeras* (gourds), pieces of amber, sky-blue and green stones, beautiful necklaces, parrot feathers, and carved beads. At last they turned into the cove at Kaleta in mid-afternoon of the fifth day after leaving Xaraguá and called out their greetings. Dozens of their family members and neighbors began to crowd the beach, cheering.

As leader of the trading expedition, Bamo, the elder of Kayabó and Anani's fathers, stood proudly in the bow of the *piragua* (large canoe-like boat) as a group of Kaleta´s men and boys waded out to help bring the boat to shore. Kacike Guabos waited just above the water line, along with Anani´s two apprentices, Kagua and Umatex, all four of Kayabó and Anani´s mothers—Bánika, Kamagüeya, Naneke, and Warishe—and their other two fathers, Hayatí and Marakay. As the traders stepped ashore, there was much hugging, touching of foreheads, and exclamations of how tall and strong some of the young men, including Kayabó, had grown during their year away.

Kacike Guabos called for a feast of welcome and an *areito* (song and dance celebration) that evening, where Kayabó, again, as he had done in Xaraguá, told everyone about their encounters among the Mayan people and the many differences between the two peoples´ cultures. Majagua and one of their older sisters modeled the way people dressed in the Land of the Maya, and again there were giggles directed especially at Majagua, for he was neither a woman nor of a noble line, yet wore something that appeared to be a long *enagua* (cloth "apron") Among all the presents that were distributed, was one very special gift—the family presented Kacike Guabos with a very large round *guanine* (a bronze medallion) engraved with the sun´s rays, similar to one they had given Kacike Bohechío, but larger, for he was their *kacike* (chief).

It felt so good to sleep in his own *hamaka* (hammock) after a year away, thought Kayabó, so good to be among all his mothers, brothers, and sisters, except Anani, who had her own home in the *behike's bohío* (shaman's home). He smiled as he climbed in and stretched out on his back. It did not even matter that Bamo was snoring loudly or that his mother Warishe's newest baby had just begun to cry… As he knew would happen, Warishe must have begun to nurse the little boy, for soft suckling noises replaced the crying.

Kayabó awoke just before dawn, for he had heard, or dreamt that he heard, the voice of his deceased grandfather, Arokael, calling out to him. Slipping silently from his *hamaka*, Kayabó left the *bohío* (home) and walked down to the beach, where the colors cast by *güey* (the sun) had begun to tint the morning clouds in soft tones of pink and orange. He walked out on the thin, rocky stretch of ancient exposed corals that formed a path to the open sea. "Arokael!" he called out, watching for him down below, where the waves were breaking on the rocks. "Arokael!"

"I am here, my grandson," came the voice of his grandfather from the shore.

Kayabó walked back over the rocks to the shore and there was Arokael, who had reincarnated into the body of a young *karey* (green sea turtle). Kayabó sat down on the sand beside him, the gentle waves occasionally washing over both of them as they talked.

"You have grown taller during your voyage to the Land of the Maya," said Arokael.

"And you have grown larger, grandfather," replied Kayabó.

Arokael laughed, with that smile that was so unusual on a sea turtle, saying, "It is part of being young again. We both grow taller or larger, but I will continue to grow, whereas in your later years, you *goeiz* (spirit of a living person) grow shorter and smaller again." He climbed up higher above the waterline and looked up at Kayabó, the smile gone. "My dear grandson," he said, "once again our people are in immediate danger. You must lead them to safety."

"What kind of danger, grandfather?" asked Kayabó.

"Danger from Guabancex," he responded, "the bringer of the destructive *hurakán* (hurricane) winds, and her assistants Guatauba and Koatrizkie, bearers of the lightning and heavy rains. It is very late in the season, when Guabancex´s anger has normally passed; however, when her anger comes so late, she is even more furious than normal and makes surprise visits from the north instead of coming from the east.

Lynne A. Guitar, Ph.D.

Hurricane!
Available now on Amazon.com

ABOUT THE AUTHOR

Lynne Guitar went back to university as a 42-year-old sophomore at Michigan State University, graduating with dual B.A.s, one in Cultural Anthropology and one in Latin American History. She was awarded a fellowship to Vanderbilt University, where she earned her M.A. and Ph.D. in Colonial Latin American History. Several graduate-student grants enabled her to study at the various archives in Spain for half a year, and she won a year-long Fulbright Fellowship to complete her doctoral studies in the Dominican Republic in 1997-98. There she remained for an additional 18 years.

In fact, Lynne visited the Dominican Republic three times: the first time for 10 days in 1984, which is when she became fascinated by the Taíno Indians; the second time for four months in 1992 as an undergraduate study-abroad student; and the third time, as mentioned, for 19 years, including a year while completing the research and writing of her doctoral dissertation, *Cultural Genesis: Relationships among Africans, Indians, and Spaniards in rural Hispaniola, first half of the sixteenth century*. She worked at the Guácara Taína for two years, taught at a bilingual high school in Santo Domingo for five years, and in 2004 became Resident Director of CIEE, the Council on International Educational Exchange, in Santiago, where she directed study-abroad programs for U.S. American students at the premier university in the Dominican Republic (Pontificia Universidad Católica Madre y Maestra) until her retirement in December of 2015. She now resides with two of her four sisters in Crossville, Tennessee.

Lynne has written many articles and chapters for various history journals and history books, and has starred in more than a dozen documentaries about the Dominican Republic and Indigenous peoples of the Caribbean, including documentaries for the BBC, History Channel, and Discovery Channel, but her desire has always been to write historical fiction—she says you can reach far more people with historical fiction than with professional historical essays. These are her first published historical-fiction books.

Lynne A. Guitar, Ph.D.

¿Qué Traerá el Futuro?

Serie "Taíno *Ni Rahú*", Libro 5 de 10

por Lynne Guitar, Ph.D.

Ilustraciones, Nathalie ("Tali") Saxton de Pérez

Asistencia con la traducción de inglés al español por Dorka
Tejada Franco y Arq. Federico Fermín

Lynne A. Guitar, Ph.D.

Títulos en la Serie "Taíno Ni Rahú":

Sitio Web: lynneguitar.weebly.com
lynneguitar@yahoo.com

ISBN-13: 978-1975715342
ISBN-10: 1975715349

DEDICACIÓN

Estos libros están dedicados a mi hija Eileen Julian y a mis nietos Krishna, Jagan y Darshan Nautiyal, cuyo apetito voraz por buenos libros me motivó a escribirlos. También los dedico a mi hija Leidy Medina de Batista, a mi amigo Jorge Estévez y a todos los otros descendientes de Los Taíno, para que puedan sentirse hasta más orgullosos de ellos y de sí mismos—porque son ustedes la carne y el espíritu de la gente taína que aún viven entre nosotros.

"... imaginado, pero no inventado."

Joyce Carol Oats

—PRÓLOGO DE LA AUTORA—

Desde la primera vez que visité la República Dominicana en 1984, me enamoré de la historia y la cultura de los indios taínos. Sin embargo, cuando decimos "taíno" hoy, es importante saber que en realidad estamos hablando de por lo menos siete tribus y naciones indígenas diferentes, cada una con su propia lengua y costumbres, que vivían en las islas de las Antillas Mayores en 1492 cuando Cristóbal Colón las reclamó para España. El grupo más avanzado en cuanto a la agricultura, comercio, arte, religión y organización política, fue la gente de la Nación Taíno que gritaba, "¡Nitaíno! ¡Nitaíno"!, al ver pasar los barcos de los españoles. "Nitaíno" es una palabra que, en su idioma, significa "familia" o "familiares", no "gente noble o buena" como han pensado los historiadores por mucho tiempo. Los españoles redujeron el término a "taíno" y lo utilizaron para todos los pueblos indígenas del Caribe, excepto para los que Los Taíno llamaban "caribes" (que significa "la gente feroz"), que se establecieron en las islas de las Antillas Menores. Los Caribe se llaman a sí mismos *kalinago*.

Durante cinco siglos se creyó que los taínos fueron totalmente aniquilados antes de 1550, pero nuevas investigaciones han demostrado que la llamada "desaparición de los taínos" es un mito. En 1492, sólo en la isla de La Hispaniola había probablemente 4 millones o más personas indígenas, no 200,000 como anotaron los cronistas españoles. (La Hispaniola es la isla que hoy en día es compartida por la República Dominicana y la República de Haití, la cual todavía es llamada Santo Domingo por la mayoría de los dominicanos.) Se sabe que aproximadamente de un 10% a un 20% de los pueblos indígenas de las Antillas Mayores sobrevivió a la Conquista Española, fusionando sus genes y sus culturas con las de los Europeos, Africanos y otros nativos para convertirse hoy en día en Dominicanos, Haitianos, Cubanos, Puertorriqueños y Jamaiquinos.

Las historias sobre Kayabó, Anani y su familia son obras de ficción, pero de acuerdo a las últimas investigaciones, están basadas en la vida diaria, valores y creencias de los taínos. ¡Todavía hay mucho que aprender sobre ellos! Espero que algunos de ustedes, los lectores, se animen a continuar las investigaciones.

—*Taíno ti* (Que el Gran Espíritu esté con ustedes)
Lynne Guitar (Ph.D. en Historia de América Latina y Antropología Cultural de la Universidad Vanderbilt, EE.UU.)

Breve autobiografía de la autora: Viví en la República Dominicana como residente permanente, profesora, guía histórica-cultural, escritora, administradora de los programas de estudios en el extranjero de CIEE (Consejo de Intercambio Educativo Internacional), e investigadora independiente desde 1997 hasta enero del 2016. La Cueva Ni Rahú está en el poblado de La Piedra, al noreste de Santo Domingo, la Capital. Estoy jubilada y ahora vivo en los EE.UU. otra vez, donde espero escribir y publicar todos los libros de ficción-histórica que no pude escribir mientras estaba trabajando.

Notas lingüísticas: 1) Especialistas en Puerto Rico y los EE.UU., entre otros lugares, están tratando de reconstruir la lengua taína. Ellos han pedido que se utilice la letra "k" para representar el sonido fuerte de la letra "c" al escribir palabras como "kacike", "yuka" y "Kiskeya", en lugar de usar la "c" como lo hicieron los españoles, para así garantizar que la pronunciación sea correcta. 2) Al referirse a la Nación Taína o al Pueblo Taíno como un grupo entero, "Los Taíno", con una "L" y "T" mayúscula y sin la "s" final, es correcto. Cuando se dice "los taínos", con minúsculas y una "s" al final, se refiere a más de un individuo en particular, pero no a todo la nación. He seguido estas prácticas en estos libros.

Lynne A. Guitar, Ph.D.

Antecedentes históricos y personajes, *¿Qué Traerá el Futuro?*

Los dos personajes principales de la serie son los taínos Kayabó y Anani, un hermano y hermana. Kayabó tiene 14 años y Anani 12 ½ cuando esta parte de la historia tiene lugar en octubre de 1490. Viven en Kaleta, un pueblo de pescadores taínos en la costa caribeña, justo al este de Santo Domingo, donde hoy se encuentra la ciudad de La Caleta. Esta historia, sin embargo, tiene lugar al oeste de Kaleta, en lo que hoy es Puerto Príncipe, capital de la República de Haití. Era una vez conocido como Xaraguá, el más grande y más culturalmente avanzado de los *kacikazgos* de la isla. Anani se quedó aquí con la joven Anakaona, que hoy es la más querida de todas las mujeres taíno que alguna vez han vivido, mientras que Kayabó y varios de los miembros varones de la familia viajaron a la Tierra de Los Maya. Acaban de regresar, así que aprendemos un poco sobre la cultura maya, que podemos comparar con la cultura taína. Anani le cuenta a Kayabó de su viaje espiritual hacia el futuro y la llegada de unos *arijua* (extranjeros) muy peligrosos: Cristóbal Colón y los conquistadores españoles, que aterrizarán las poblaciones en la costa norte de la isla en sólo dos años.

Kayabó—Su nombre significa "donde hay abundancia" en taíno.

Anani—Su nombre significa "flor de agua".

Aguax—Aprendiz principal de Makuya, el viejo *behike* de Xaraguá.

Anakaona—Una de las hermanas de Kacike Bohechío, tiene sólo 15 años (un año más que Kayabó) cuando Kayabó y Anani llegan a Xaraguá. Se convierten en amigos de por vida. Ella se casa con Kaonabó, el Kacike de Maguana, que era la segunda más grande y más culturalmente avanzada de las regiones residenciales/políticas en la isla después de Xaraguá. Cuando llegan los españoles y mueren tanto su esposo como su hermano, se convierte en la *kacika* de ambos *kazcikazgos* (jefaturas). También conocida como "La Poetisa", hoy es la más reconocida y amada de todas las mujeres taínas que alguna vez han vivido.

Arokael—*Arokael* es la palabra taína para "abuelo". Fue el abuelo de Anani y Kayabó quien, durante muchos años, fue el *behike* (chaman/curandero) de Kaleta hasta que murió y se reencarnó en el cuerpo de un joven *karey* (tortuga marina verde). Se convirtió en el principal guía espiritual de Kayabó y a veces habla con Anani, también, pero generalmente sólo en sus sueños.

Atabeyra—La madre divina del guía espiritual más poderoso de los taínos, Yukahú Bagua Maorokoti (que gobierna tanto la *yuka* como el mar). Atabeyra gobierna sobre la luna, agua dulce y la fertilidad. Es la principal guía espiritual de Anani.

Birán—El fiel *aón* (perro) de Anani. Lo nombró en honor de Opiyelguabirán, el medio hombre/medio perro guardián de la entrada a Koaibey, el cielo de Los Taíno o el mundo más allá.

Bohechío—Kacike de Xaraguá, el *kacikazgo* más grande y más culturalmente avanzado de la isla. Tenía más de 30 esposas, y Anakaona era una de sus hermanas.

Guakanagarix—Kacike de una pequeña región en la costa norte; después de que llegaron los españoles, se alió con Cristóbal Colón, probablemente para ganar poder.

Makuya—El *behike* mayor de Xaraguá, quien es un cariñoso maestro y como un abuelo de Anani.

Yajíma—La joven de Xaraguá con quien Kayabó se enamora y se casa.

Opiyelguabirán—El medio hombre/medio perro que es guardián de la entrada a Koaibey, el cielo o el mundo más allá de los taínos.

Yukahú Bagua Maorokote—El más grande de los guías espirituales de los taínos, preside la *yuka* y el mar, que son las principales fuentes alimentarias. Su madre es Atabeyra (no tenía padre), que preside la luna, el agua dulce y la fertilidad.

Lynne A. Guitar, Ph.D.

¿Qué Traerá el Futuro?

Lynne Guitar, Ph.D.

Refrescados, Kayabó y varios de sus hermanos mayores retomaron los remos, habiendo dormido la mayor parte de la noche en el fondo de la *piragua* (gran canoa), mientras que los que habían estado remando toda la noche se acostaron en el fondo del barco para descansar. Habían pasado dos soles desde que salieron de la parte más meridional de la Isla de Cuba. Desembarcaron en su isla natal a lo largo de la costa noroeste en el *kacikazgo* (jefatura) del Kacike (jefe) Guakanagaríx. Allí habían rellenado sus *higüeras* (calabazas) con agua fresca y habían trocado algunas piezas de obsidiana que habían obtenido en la Tierra de Los Maya con la gente local para el *kasabe* (pan taíno), pescado ahumado y fruta fresca. Anoche, Akobo, el viejo comerciante que había acompañado a los familiares de Kayabó y Anani en su largo viaje a la Tierra de Los Maya, les aseguró que llegarían a

Xaraguá antes del sol, siempre y cuando no hubiera viento contrario.

Kayabó no podía decidir a quién había extrañado más durante su viaje al continente, su hermana Anani o Yajima. Él y Anani habían desarrollado una relación muy estrecha cuando los dos salvaron a su gente en Kaleta de una severa sequía hace dos años al encontrar una caverna sagrada con un vasto depósito de agua fresca subterránea que ahora se llamaba la Cueva Ni Rahú (Cueva de los Niños del Agua). Se había enamorado de Yajima antes de dejar Xaraguá por la Tierra de Los Maya, hace un poco menos de un año. ¿Yajima seguiría queriendo de él, o se habría enamorado de otro en su ausencia? La preocupación estaba mordiendo su estómago.

Majagua, uno de los hermanos mayores de Kayabó, que estaba remando a su lado, lo golpeó en el costado. "¿Por qué una cara tan triste, hermanito"?, le preguntó.

"No estoy triste, Majagua", dijo Kayabó. "Justo lo opuesto. Estoy emocionado... pero también un poco nervioso por ver a Yajima de nuevo. ¿Crees que se ha olvidado de mí"?

"Tonterías, hermanito. Estoy seguro de que Yajima será tan feliz de estar contigo de nuevo como tú estarás con ella. Además, le traerás un pequeño regalo especial que le hará envidiar a todo el mundo en Xaraguá".

Fue justo antes del mediodía. Anani estaba sentada a la sombra de un gran árbol con su fiel *aón* (perro) Birán, muy por encima de la principal *yukayeke* (área residencial) de Xaraguá, mirando hacia el mar, donde esperaba ser la primera en ver a la familia en su *piragua* roja en el horizonte. Hace solo una luna, durante su ceremonia de la mayoría de edad, cuando tomó la droga sagrada de *kojoba* (ayuda a la comunicación con los guías espirituales) para que pudiera hablar más claramente con su *cemí* (guía espiritual), Atabeyra. Durante ese viaje espiritual, cuando se convirtió oficialmente en una adulta, le dijo que su hermano Kayabó y el resto de su familia pronto volverían de su jornada comercial.

Después de mirar una vez más hacia el norte, la dirección desde la cual debían llegar, también miró hacia el oeste y hacia el sur, por si acaso habían sido arrancadas del camino, antes de levantarse para bajar de la montaña—pero no pudo evitar volviendo una vez más a mirar hacia el norte, mientras se ponía en pie... ¡Y ahí estaba! Era sólo un pequeño punto rojo en el horizonte, pero ella estaba segura de que eran ellos. Llamando a su amiga Anakaona, ella y Birán corrieron a toda velocidad por el pie de la montaña y hacia la playa.

Anani pasó el *bohío* que pertenecía a la familia de Yajima en su camino a la playa, para que Yajima supiera que Kayabó había regresado. Podía correr más rápido que Yajima, sin embargo, por lo que fue la primera en llegar y salir al agua para recibir la *piragua* de su familia después de su largo viaje.

"¡Cuidado, Anani"!, gritó Kayabó, riéndose, porque casi lo empujó en las olas abrazándolo con tanto entusiasmo mientras él intentó salir del bote.

Anani se paseó por todos en la *piragua*, abrazando a Bamo, uno de sus padres, y apretando su frente con fuerza contra la suya. Abrazó y saludó a cada uno de sus hermanos, los maridos de sus hermanas y Akobo, que los acompañaba. Se alejó cuando Anakaona y Yajima llegaron, junto con una docena de hombres de Xaraguá, que entraron al agua para ayudar a sacar el barco a tierra y llevar los bienes comerciales y pertenencias personales al *kaney* del *kacike* (la residencia del jefe) para su custodia.

Cuando Anani volvió a buscar a Kayabó de nuevo, no lo vio en ninguna parte, ni vio a Yajima.

Al atardecer, muchas de las mujeres de Xaraguá estaban ocupadas preparando una gran fiesta de bienvenida para los comerciantes devueltos: suculentos pescados asados y los minúsculos tubérculos llamados *lerenes* que sabían cómo el interior tierno de los granos del *ektor* (maíz) y sólo estaban disponibles en esta temporada, *ajiako* (un guiso tradicional), *kasabe* (pan) y frutas frescas de todo tipo. Varios hombres estaban poniendo antorchas y apilando a otras para durar la mayor parte de la noche, ya que habría muchas historias para acompañar la comida y un *areito* después (celebración con canciones y la danza).

Kayabó y Yajima estaban sentados sobre una gran estera de paja cerca del *kaney* del *kacike*, jugando con un pequeño animal, cuando Anani, Anakaona y Makuya, el *behike* de Xaraguá, quien era cómo un querido abuelo de Anani, llegaron.

"¡Oh, qué minúscula es"!, le dijo Anakaona, recogiendo a la pequeña criatura y acariciándola contra su pecho, mientras Birán la husmeaba curiosamente. "Es un *aón*, ¿no"?, le preguntó.

"Sí", respondió Yajima, riendo. "Lo he llamado Tz'í", continuó, "ya que Kayabó dice que esa es la palabra que la gente en la Tierra de Los Maya usa para este tipo de *aón*".

"No va a ser mucho mayor que esto", dijo Kayabó. "O al menos, ninguno de los *tz'í* que vi entre los mayas creció mucho más grande".

En ese instante, el perrito se volvió para encajar a Birán, que todavía le olía y le lamía. El perro minúsculo dejó escapar una serie de ladridos muy agudos y muy fuertes.

"Espero sinceramente que Yajima pueda enseñarle a no ladrar", dijo Kayabó, cuando las tres chicas se acercaron para calmar y tranquilizar al joven cachorrito, "porque en la Tierra de los Maya ladraban mucho, pero eso no es aceptable aquí. Me advirtieron que no haría un buen regalo para Yajima debido a sus ladridos y porque, siendo tan pequeño, no puede unirse a la caza de comida con nuestros *aón*, pero él y su clase de *aón* son tan graciosos y amables que no pude resistir".

"Le enseñaré a comportarse", dijo Yajima con confianza, volviéndolo a tomarlo en sus brazos, mientras el resto de la familia de Anani y Kayabó se reunían alrededor de ellos en las esteras, mirando al perro y sacudiendo la cabeza ante su mal comportamiento, mientras se sentaban.

Tz'í se había calmado cuando Kacike Bohechío, sus esposas, sus hermanas—excepto Anakaona, que habían venido con Anani—y todos sus hijos entraron. Los niños estaban tocando flautas, silbatos e instrumentos rítmicos hechos de *higüeras* ahuecadas y nueces secas. Muchos estaban cantando la canción de bienvenida…. El perrito comenzó a ladrar de nuevo, pero se tranquilizó cuando Yajima le arrebató un trozo de pescado asado de una de las cestas que las jóvenes de Xaraguá habían empezado a distribuir, junto con otros platos, cestas e *higüeras* rebosantes de comida.

Cuando todo el mundo estaba casi terminado con la comida, el *kacike* se levantó y le pidió a Bamo que enviara a uno de sus hombres para contarle a su pueblo de su visita a la Tierra de Los Maya. Bamo señaló a Kayabó, quien se levantó de mala gana y susurró algo en el oído de Yajima antes de subir al porche cubierto del *kaney* de Kacike Bohechío. Bohechío se apartó para sentarse en su *dujo* (silla especial), frente a Kayabó a unos diez pasos de distancia. Mientras tanto, Yajima y Majagua se levantaron en silencio y abandonaron el grupo— primero, Yajima se inclinó para recoger a Tz'í— entrando en el *kaney* del *kacike* desde la entrada lateral.

Después de saludar a todas las personas reunidas allí en Xaraguá y agradecerles nuevamente por su cálida bienvenida y hospitalidad, Kayabó comenzó a hablar del viaje reciente de su familia.

"Hicimos un excelente comercio a lo largo de la costa sur de Kuba después de salir de Xaraguá", comenzó Kayabó, "recolectando más tela de algodón y *kojiba* (tabaco), y abasteciendo de agua dulce, pescado ahumado y frutas. Entonces cruzamos el mar abierto a la Tierra de Los Mayas sin incidentes, bueno, excepto por perder la sal—nos descuidamos seguir el buen consejo que nos dieron de mantenerlo bien protegido del agua, y durante una *baguada* (tormenta del mar), todo se derritió". Se encogió de hombros mientras todos reían.

"De todos modos, Akobo—señaló hacia donde estaba sentado el viejo comerciante—nos condujo directamente a Zama, lo que parece significar algo como 'Residencia del Amanecer' en su idioma. Se trata de una gran zona residencial maya construida en lo alto de acantilados muy altos que se elevan por encima del mar, frente a la salida del sol. Zama ofreció una vista asombrosa, pues tiene más de cuatro veces más habitantes que Xaraguá y está completamente rodeado de altos muros de piedra para protegerse de los invasores. Hay cientos de pasos desde el puerto hasta el área protegida de arriba.

"Dentro del área protegida de Zama", continuó Kayabó, "hay inmensos templos llamados pirámides, construidos de piedra. Son más altas que los árboles más altos, con muchas escaleras que conducen cada uno de sus cuatro lados, y plataformas redondas en la parte superior. Sus sacerdotes estudian los cielos desde estas plataformas y, en los días ceremoniales religiosos, realizan horribles sacrificios de sangre a sus *cemís*, especialmente a un *cemí* que llaman Kukulkan, a quien ellos ven como una serpiente emplumada. Hay muchas plazas y lugares de mercado dentro de las paredes, y hay *bateyes* donde juegan un juego de pelota similar al nuestro, ¡excepto que los miembros del equipo perdedor pierden la cabeza"!

Kayabó esperó unos momentos hasta los comentarios sorprendidos de su audiencia se desvanecieron. "Alrededor de estos templos, plazas y mercados", continuó, "están las grandes casas de piedra de los de sangre noble. Su *kacike*, a quien llaman un *ajaw*, vive en un edificio de piedra adornado que es casi tan grande como los templos, y hay otras casas, incontables otras, más pequeñas, pero todavía grandes, construidas de piedra. La mayoría de la gente de Zama, sin embargo, porque no son de la clase noble, vive fuera de las paredes en *bohíos* similares a los nuestros, hechos de hojas de palma y hierbas tejidas.

"Después de haber hecho amistad con algunos de los comerciantes mayas, pregunté por los edificios de piedra, porque deben requerir una cantidad de trabajo casi inimaginable y muchos, muchos meses para construir", continuó Kayabó. "Me dijeron varios mayas que construir con piedra vale la pena, no importa todo el esfuerzo que eso requiere, porque las casas de piedra y las paredes los protegen de los fuertes vientos huracanados que a menudo se arrastran desde el mar. Además, su tierra es casi estéril de árboles, por lo que la madera es escasa.

"Zama es famosa entre todos los pueblos del continente y las islas cercanas por su lucrativo comercio de obsidiana, jade, *kakaua* (cacao), *guanín* y *guanines* (un tipo de bronce y medallones hechos de él), ya que los residentes tienen fácil acceso a todas las rutas comerciales, tanto por tierra como por mar.

"Para mí, sin embargo, algunas de las cosas más fascinantes sobre Zama y las otras áreas residenciales de los mayas que vimos, es que todo el mundo allí prefiere comer *ektor* en una amplia variedad de formas. Ellos crecen *yuka*, pero lo comen sólo en *ajiako*, no como *kasabe* (pan taíno). Y se mantienen muy pequeños *aón* que llaman *tz'í*. Los diminutos perros son inútiles para la caza, pero sus propietarios están muy apegado a ellos. También me pareció muy extraño que en una tierra de tanto calor y poca agua fresca, el pueblo se adornara con algunos paños que cubren la mayor parte de sus cuerpos. Kayabó hizo una pausa, silbó y se volvió expectante hacia la puerta principal del *kaney*.

Yajima y Majagua salieron al porche y se acercaron a él, inclinándose primero hacia el *kacike*, y luego volviéndose hacia todos los que estaban sentados observándolos. Todos se quedaron boquiabiertos de sorpresa, ya que Yajima estaba cubierta del cuello a los pies con una falda de algodón de color blanco, bordada de múltiples colores que le caía a los tobillos y una larga blusa bordada de colores brillantes, con mangas cortas. Estaba sosteniendo a Tz'í, que inmediatamente comenzó a ladrar ferozmente a la audiencia, lo que los hizo reír, porque el *aón* era muy pequeño, pero su corteza fuerte y agudo le hacía parecer feroz.

De pie junto a Yajima estaba Majagua, también con una larga falda de algodón blanco, aunque no tan fluida como la de Yajima y sólo bordada a lo largo de su dobladillo, que colgaba justo encima de sus tobillos. También llevaba un sarape colorado con flecos entre sus hombros que caía por debajo de su cintura. Kayabó indicó con su mano derecha que ambos debían girar en un círculo para mostrar su ropa desde todos los ángulos, lo que hicieron, cuando una vibración excitada surgió de la audiencia.

Varios espectadores habían levantado los dedos para señalar y reírse de Majagua, mientras que la mayoría de los observadores se cubrían el rostro con más educación y soltaban risitas porque, entre los pueblos taínos, sólo las mujeres casadas llevaban *enaguas* (como una falda, pero sólo cubre el frente) Sólo las mujeres casadas que eran de noble nacimiento usaban *enaguas* largas como Majagua.

Kayabó, Majagua y Yajima se volvieron hacia el *kacike* para despedirse y bajaron del porche. Bamo tomó su lugar. Varios otros miembros de la familia se abalanzaron con manojos de regalos, que desplegaron para que Bamo pudiera presentarlos al Kacike Bohechío, a sus esposas y a sus hijos. El primer regalo para el *kacike* era un *guanine* brillante, con una representación ingeniosa del sol y de sus rayas, colgando en un cordón blando de la piel de venado trenzada. Bamo tuvo que describir al *kacike* y al público lo que era un venado, porque no había ninguno en las islas.

Entre los demás obsequios se encontraban cuchillos de obsidiana, varias faldas largas bordadas y blusas coloridas para las esposas favoritas del *kacike*, y una pequeña bolsa tejida llena de las raras y sabrosas semillas de *kakaua*, así como un puñado de largas plumas de colores brillantes de una ave rara en el continente llamado ketzal. Bohechío los sostuvo para que su gente pudiera verlos antes de pasar todo excepto el *guanine* a sus esposas. El *guanine* lo colocó alrededor de su cuello y orgullosamente lo arregló en su pecho.

Esa noche, había un *areito* animado para celebrar el regreso de los comerciantes de la Tierra de Los Maya. Anani se fue, con orgullo llevando unas cuantas plumas coloridas de un ketzal en su largo y lacio cabello negro. Su hermano Kayabó les había regalado. Y tocó su bolsa personal una vez más para sentir el pequeño cuchillo de obsidiana que Bamo le había presentado.

Sonriendo, miró a su alrededor por Kayabó y Yajima, pero no pudo encontrar ninguno de los dos en la gran multitud que se había reunido. Los fuegos alrededor del *batey* ardían intensamente en la oscuridad y la música había comenzado: los resonantes latidos de los *mayohuakanes* (tamboras de madera), los sonidos ásperos pero rítmicos de las *güiras* y *marakas*, los tonos profundos e evocadores de los *fotutos* (trompetas de concha), y los dulces sonidos de las flautas mezclándose con la risa de la gente de Xaraguá y Kaleta. Todos estaban bailando y cantando, con los brazos envueltos alrededor de los hombros de cada uno y los pies pisando fuertemente, añadiendo a la música porque la mayoría llevaba brazaletes de tobillo hecho de conchas de olivo tintineando como cascabeles. "¡Anani"!, gritó una voz femenina desde muy lejos. Era Anakaona. "¡Ven y únete conmigo"!

"Gracias, Anakaona", dijo Anani, sentándose en una estera con ella. "¿Has visto a mi hermano"?

"Olvídate de verlo hasta tal vez mañana", le dijo Anakaona con una sonrisa. "Lo vi a él y a Yajima caminando de la mano en la playa hace al menos una hora. No creo que vayamos a verlos de nuevo pronto".

Ella se echó a reír, tomó a Anani de la mano y la levantó. Juntas corrieron al *batey* a bailar.

"¡Anani! ¡Anani"!, gritó Kayabó, rodeando su boca con las manos para ayudar a enviar su voz más arriba de la montaña, la cual su hermana y su *aón* Birán estaban subiendo. "¡Anani"! Pero no parecía haberlo oído. Se detuvo en una pequeña cascada para recobrar el aliento, mirando hacia abajo para ver que, de hecho, ya había llegado muy lejos, antes de salir de nuevo a un ritmo rápido pero constante. Poco después, volvió a verla en un pequeño acantilado que no estaba demasiado por encima de él. "¡Anani"!, gritó de nuevo.

Esta vez Birán se detuvo y miró hacia abajo, luego se frotó contra la pierna de Anani y se dio la vuelta otra vez, para mirar hacia abajo en dirección a Kayabó, lo que hizo que Anani mirara abajo también. Ella le saludó con la mano y se sentó sobre una gran roca para esperar a que él alcanzara.

Él estaba jadeando cuando alcanzó su nivel. Tocó suavemente su frente con la suya en saludo, y luego se sentó en la roca a su lado. Con gusto aceptó la *higüera* de agua dulce y refrescante que ella le ofreció y tomó algunos sorbos antes de devolverla. "Esta es hermosa", le dijo, indicando con un barrido de su brazo la amplia vista verde y azul de la costa abajo. "Anakaona me dijo que estabas camino a una cueva que habías descubierto. Quería hablar contigo solo—lo siento no haber tenido la oportunidad de hacerlo hasta ahora—y esto parecía una gran oportunidad para hacerlo y para ver la cueva".

Anani sonrió y dijo: "Sí, entre las reuniones comerciales y Yajima, has estado muy ocupado desde que regresaste de la Tierra de Los Maya".

Kayabó se sonrojó.

"Ven", dijo Anani, extendiendo una mano para ayudarlo a levantarse. "Quisiera mostrarte la Cueva del Aón. Yo lo llamo eso porque fue realmente Birán que lo descubrió, no yo. No es un gran sistema de cavernas, como el que encontramos con la Cueva Ni Rahú. Tiene sólo tres salas, pero hay pictografías increíbles en la pequeña sala de entrada. Una de ellas es de un enorme *aón*, por lo que el nombre es doblemente apropiado".

Juntos, subieron el resto del camino hasta la cueva.

"Es difícil de encontrar", dijo Anani, "porque su entrada está escondida detrás de esos arbustos espesos".

Fueron forzados a atravesar los arbustos y entraron. En el interior, cogieron dos antorchas de la pila enorme que el *behike*, Makuya, había ordenado almacenada cerca de la entrada de la cueva. Encendieron una y llevaron una segunda por si acaso fuera necesario.

"*¡Guay*"! exclamó Kayabó mientras se encontraban bajo la enorme pictografía de un *aón* que se dibujaba en el techo. Nunca antes había oído hablar de una pintura tan grande.

"Mire aquí", dijo Anani, acercándose para iluminar a una parte del techo no muy lejos de la pictografía del *aón*. "Esta es de una ave volando, una *babiyaya* (flamenco)".

También era muy grande.

"Las pictografías son mucho más definidas, más claras, que las de nuestra Cueva Ni Rahú", observó Kayabó. "¿Hay más salas con pinturas aquí"?

Anani sostuvo su antorcha hacia el norte. "Mira, puedes ver una apertura en esa dirección a otras dos salas, que son mucho más grande que ésta, pero ninguna de esas dos tiene pictografías". Hizo una pausa para pensar un momento, luego dijo, "Las pictografías aquí están en mejores condiciones, quizás porque no hay piscinas de agua en esta cueva.

Creo que la humedad en el aire dañó las pinturas de nuestra cueva".

Los dos se sentaron bajo la pictografía del *aón*, apoyaron la espalda contra la pared y apoyaron la antorcha encendida con pequeños círculos de rocas que recogieron del suelo de la cueva. Dejaron la segunda antorcha en el suelo, para usarla cuando la primera se quemara.

Birán se estableció entre los dos.

Pictografía taína del *aón* grande, foto de Lynne Guitar.

Después de unos momentos de silencio, mientras ambas absorbían el espíritu de curación de la cueva, Anani dijo con una risita en su voz: "Yo también viajé lejos mientras estabas fuera, Kayabó... pero lo hice sin ni siquiera salir de esta cueva".

Kayabó miró profundamente los ojos de su hermana, que brillaban, reflejando la llama de la antorcha. "Hábleme de eso", susurró, tomando su mano.

Kayabó escuchó atentamente mientras Anani le hablaba del viaje con su guía espiritual, Atabeyra, al reino de los *cemí* el día de su ceremonia de la mayoría de edad, conducida por Makuya. Ella le habló de tomar *kojoba* y de ver a los extraños hombres de piel pálida con pelo oscuro en la cara y en la cabeza, e incluso en los brazos, y con duras caparazones alrededor de sus cuerpos, como insectos. Ella le contó cómo llegarían en barcos que eran mucho más grandes que la *piragua* de su familia, enormes botes con alas blancas que se extendían hacia el cielo y les permitía volar rápidamente a través de las olas sin necesidad de remos. Y ella le contó cómo Atabeyra había dicho que estas *arijua* (extraños) serían incluso *akani* (enemigos) más feroces que los karibes.

Birán empezó a gañir. Era un sonido extraño.

Kayabó se dio cuenta de que Anani temblaba. Se acercó para envolver a su pequeña hermana en sus brazos. "Te protegeré de ellos", le dijo.

"Lo sé", respondió Anani, mirando a su hermano con los ojos llenos de amor y confianza. "Atabeyra me lo dijo. Dijo que tú y yo, juntos, protegeremos tanto a nuestro pueblo como a nuestra cultura del nuevo *akani* cuando lleguen".

Los dos pasaron varias horas más juntos en la cueva, compartiendo lo que les había sucedido a cada uno de ellos durante el año en que estaban separados. Kayabó le contó de terribles tormentas en el mar y las trombas marinas que les habían faltado por poco, de ver montañas enormes, más altas de lo que podía imaginar, y volcanes que sacudían el suelo, fumaban y emanaban ríos fluidos de roca ardiente. También habló de los muchos pueblos diferentes que habían conocido y de sus costumbres a menudo extrañas.

A cambio, Anani le contó de la batalla entre los guerreros de Xaraguá y los karibes que habían aterrizado cerca, las muchas cosas que había aprendido de Anakaona sobre la cerámica, la escultura de madera, el tejido y la creación de poesía encantadora, y lo que había aprendido de Makuya sobre sanar y negociar con los peligrosos espíritus fundadores.... Y hablaron más profundamente acerca de la visión que Atabeyra había dado a Anani de las misteriosas *arijua* a quien ella advertía eran más peligrosas que los karibes, cuyas atrocidades eran la materia de las pesadillas de sus pueblos.

"No entiendo cómo debemos proteger a nuestro pueblo y a nuestra cultura de estas *arijua*", dijo Kayabó. "¿Crees que Makuya podría averiguar algo más sobre ellos"?

"Ciertamente podemos preguntarle", dijo Anani.

A última hora de la tarde, un mensajero le dijo a Kayabó que Makuya había accedido a verlos a él y a su hermana por la mañana, después de la bendición del amanecer.

"*Taigüey* (buen día), Anani", dijo Kayabó en la mañana, cuando su hermana y Birán salieron del *bohío* donde había estado viviendo.

"*Taigüey*, querido hermano", ella respondió con una sonrisa, mientras Anakaona y varias de las otras hermanas del Kacike Bohechío salían del *bohío* rumbo al *batey* (su plaza central), donde se llevaban a cabo juegos de pelota, *areitos*, encuentros comunitarios y bendiciones generales.

Makuya y sus aprendices ya estaban en su lugar, al igual que varios cientos de la gente de Xaraguá, porque *güey* estaba a punto de levantarse. Haciendo frente al sol naciente, Makuya sostuvo un envase de piedra con incienso fragante adentro y comenzó a dirigirse a los espíritus fundadores como el humo negro en espiral subió arriba. Se volvió lentamente para encarar cada una de las otras tres direcciones, pidiendo paz y abundancia hoy para su gente y las de Kaleta.

Los otros comenzaron a marcharse, pero Kayabó y Anani se quedaron para acompañar a Makuya a su *bohío*, donde sus aprendices habían preparado un cereal caliente hecho de *ektor* (maíz) y trozos frescos de *papaya* madura para romper su ayuno. Kayabó llevaba una gran *higüera* llena de una bebida caliente llamada *kakaua* de la Tierra de Los Maya, de la cual llenaba *higüeras* más pequeñas para pasar a Anani, Makuya y sus aprendices.

Se sentaron en las esteras tejidas que habían sido colocadas bajo la sombra de un *guayabo* que crecía junto al *bohío*. Makuya bendijo la comida, agradeciendo a las plantas *ektor*, *papaya* y *kakaua* por compartir su fuerza con ellos, y comenzaron a comer.

Anani tomó un sorbo de la caliente *kakaua*. "¡Aiyee"!, exclamó, tomando otro sorbo. "¡Esta es la cosa más deliciosa que jamás he probado"!

Kayabó rio mientras bebía de su propia *higüera* de *kakaua*. "Es delicioso, sobre todo cuando está aromatizado con canela, vainilla y *ajíes* (pimientos picantes), como esta bebida. Entre los mayas, se considera que es la bebida preferida de los divinos", explicó. "Sólo el *ajaw* y su familia, y los sacerdotes principales, se les permite beber. Y me dijeron que incluso unas cuantas semillas podían utilizarse para obtener los productos comerciales más exquisitos".

"Tengo que sembrar algunas de estas semillas de *kakaua* en Kaleta", dijo Anani. "¡Quiero beber esto todos los días"! Y ella vació su *higüera* en su boca, golpeando gentilmente el fondo para aliviar las últimas gotas sabrosas, que capturó en su lengua extendida.

Unos minutos más tarde, dejando a un lado sus *higüeras* vacías, Makuya abrió la conversación: "He pasado los últimos días en comunión con mis guías espirituales, pero temo que no tengo mucho que añadir a lo que Atabeyra ya ha revelado a Anani sobre las *arijua* que vienen a nuestra isla. Lo poco que he podido aprender es aterrador".

Makuya cerró los ojos y permaneció en silencio unos instantes antes de continuar: "Traerán nuevas enfermedades para las cuales no tenemos curas, más lanzas y cuchillos largos hechos de un material extraño que es mucho más fuerte que nuestras lanzas de madera endurecidas, aunque similares a la obsidiana que trajiste de la Tierra de Los Maya, Kayabó. Y tienen otras armas feroces que escupen humo y fuego y pueden matar desde una gran distancia".

Miró a lo lejos y continuó: "Muchos de nosotros morirán de las enfermedades que llevan las *arijua*, incluido yo".

Makuya palideció y su voz tembló como la de un anciano mientras continuaba. "Sí, he previsto mi propia muerte dolorosa y prolongada y la de la mayoría de mi gente. ¡Muchas personas morirán por las nuevas enfermedades! Y con sus armas superiores, estas *arijua* esclavizarán a los supervivientes.... Pero no a todos".

Se sentó más derecho y miró primero a los ojos de Kayabó, luego a los de Anani, sonriendo, aunque débilmente, mientras decía: "Anani, como ya te había revelado Atabeyra, tú y Kayabó conducirán a algunos de nuestros pueblos a esconderse en partes remotas de nuestra isla, donde las *arijua* raramente se aventurarán. Allí vivirán como siempre hemos vivido, enseñando nuestros valores, nuestras creencias, pero también lucharán en contra de las *arijua*.

"Tendrán la ayuda de otra raza de *arijua*", continuó. "Sé muy poco acerca de ellos, pero son muy diferentes de las *arijua* con los barcos alados y las armas que escupen fuego. Su piel es negra, pero de muchas maneras son como nosotros, y su futuro está ligado al nuestro".

Makuya respiró hondo antes de continuar: "También debes mantener tu amistad con la hermana del *kacike*, Anakaona. Mi visión de su vínculo con su futuro no fue muy clara, pero sé que una persona de su línea de sangre se unirá a ustedes y se convertirá en un gran líder en la resistencia contra las *arijua*".

"El futuro suena bastante sombrío, Makuya", dijo Kayabó, pasando su brazo alrededor de los hombros de su hermana, porque Anani había empezado a llorar. "¿Cómo nos preparamos, y cuándo llegarán estas *arijua*"?

"En preparación, tú y Anani deben aprender de todas las personas que admiran, Kayabó, ya sea hombre, mujer o niño", dijo Makuya. "Aprenden y recuerdan. Y actuar cuando vean la necesidad. No esperen a que los demás tomen la iniciativa". Se inclinó hacia atrás y se frotó la frente, como si le doliera. "En cuanto a cuándo llegarán las *arijua*, he intentado muy duro penetrar las nubes que ocultan el futuro de nosotros, pero no tuve éxito. Sin embargo, se siente como si ese tiempo no estuviera muy lejos".

Anani se secó los ojos e interrumpió en ese momento, diciendo: "Tampoco Atabeyra me podía decir cuándo llegarían, pero dijo que Kayabó se casaría con Yajima y tendrían tres hijos antes de que las *arijua* llegarán a nuestra parte de la isla".

En total, las negociaciones entre los hombres de Kacike Bohechío y la familia de Anani y Kayabó consumieron casi 10 días. Entonces era el momento de regresar a su *yukayeke*, Kaleta, pero no antes de que se acordara una unión formal entre Kayabó y Yajima. Bamo y Kayabó dieron a todas las mujeres de la familia de Yajima grandes trozos de bella tela, bordados por mujeres mayas, y dieron a los hombres de su familia piezas afiladas de obsidiana para hacer cuchillos, cabezas de lanza y cabezas de flechas. Entregaron la matriarca de la familia un puñado de largas y coloridas plumas de Ketzal, y una blusa colorida y bordada, con la que estaba muy contenta.

Yajima y la mayoría de su familia vinieron a verlos en la mañana de su viaje de vuelta a Kaleta, al igual que Anakaona y Makuya, que le había enseñado tanto a Anani durante su año con los habitantes de Xaraguá. Anakaona entró en las olas para conseguir abrazos finales de Kayabó y Anani. "Hasta que nos volvamos a encontrar, queridos *guátiaos* (parecidos a los hermanos y hermanas adoptados)", les dijo a los dos, tocando suavemente la frente de Anani con la suya.

"Ojalá pudiera haberme quedado a verte casarte con el Kacike Kaonabó", dijo Anani. "Me han dicho que es fuerte, alto y muy lindo... y que es el *kacike* más poderoso de toda la isla, después de tu hermano Bohechío".

"Sí, lo sé", dijo Anakaona, con una sonrisa triste cuando se alejó hacia la orilla. "Pero ya tiene muchas otras esposas y me dicen que sólo ama a una. Se llama Onanay".

Tanto Kayabó como Anani vieron la lágrima que rodaba por su mejilla derecha.

Yajima se metió en el agua para un abrazo más de Kayabó. "¿Cuándo regresarás"?, le susurró Yajima, mientras Anani se unía a Makuya para conducir la bendición de la *piragua* para asegurar su viaje seguro a Kaleta.

"Tan pronto como pueda mi amor", respondió Kayabó, presionando su frente amorosamente contra la de Yajima.

"Y cuando vuelvas a Xaraguá, espero que hay tres de nosotros para saludarte", dijo Yajima, indicando a Tz'í, metido en su brazo izquierdo y colocando su mano derecha sobre su vientre.

Kayabó le sonrió cariñosamente, no queriendo decirle que no tenía prisa para que ella pudiera llevar a sus hijos porque traería más rápidamente a las *arijua*. Luego la abrazó de nuevo calurosamente y rascó la cabecita del pequeño *aón* antes de unirse a su padre y a sus hermanos, que se subían a la *piragua*.

La bendición completada, él y Makuya ayudaron a Anani a entrar en la *piragua* mientras se deslizaba hacia aguas más profundas en el camino hacia la costa sureste de la isla, hacia Kaleta.

—EL FIN—

Glosario de palabras taínas, ¿Qué Traerá el Futuro?

ají (ajíes)—Chilis picantes que los taínos usaron en su comida a diaria.

ajiako—Una especie de guiso preparado con una amplia variedad de tubérculos indígenas y cualquier proteína disponible, condimentado con *ajíes* (chilis picantes) y el "vinagre" agridulce hecho del jugo cocido de la *yuka* amarga, que es extremadamente venenoso si no se procesa correctamente (los pueblos indígenas de América del Sur y América Central lo utilizaron para envenenar las puntas de sus flechas). El *ajiako* todavía se come a diario en muchos pueblos indígenas de Venezuela y Colombia; y es el "abuelo" del delicioso y favorito guiso de la cocina dominicana llamado *sancocho* o *salcocho*, hecho con tubérculos, varios tipos de carne, plátanos y maíz, y sazonado con el jugo de la naranja agria.

akani—La palabra taína para "enemigo".

aón—Los perros amarillos y de tamaño mediano que acompañaron a los antepasados de los taínos en sus *kanoas* por la cadena de islas del Caribe desde la región de los ríos de las Amazonas y Orinoco, se llamaban *aón*; sus descendientes aún se encuentren tras toda la Isla Hispaniola hoy en día. Los españoles escribieron que eran mudos—que no podían ladrar—pero antropólogos no han encontrado ningún razón física por esto. Es más probable que desde cachorros, los taínos les enseñaban no ladrar, como otros perros de los indígenas tras las Américas. Así ellos no asustan a la presa de los cazadores ni indican a sus enemigos donde vive su gente.

areíto—Para celebrar el nacimiento de un bebé, una boda, una buena cosecha, un visitante importante, otros eventos especiales, o simplemente por diversión, los taínos celebraban un festival de canto y danza llamado *areíto* donde cantaron sus historias, bailando juntos el brazo-en-brazo en el *batey*, que era como una plaza comunitaria frente al *kaney* del *kacike* (casa del jefe). Los músicos mantuvieron el ritmo tocando *mayohuakanes* (tambores tallados en troncos huecos), *güiras* (instrumentos "rascadores" hechos de *higüeras* huecas), *marakas*, flautas y silbatos.

arijua—La palabra taína para "desconocidos".

babiyaya—La palabra taína para el ave "flamenco".

baguada—De la palabra taína *bagua* (mar u océano), esta es una tormenta feroz que viene del mar y trae mucha agua.

batey—El *batey* era "la cancha" del deporte de pelota de los taínos y también su plaza principal. Un juego de *batey* ("batú" en Puerto Rico) era tanto un rito religioso como un deporte, y además servía como el tribunal taíno, para dirimir contiendas.

behike/behika—Así como el cielo tiene el sol y la luna, los taínos tenían dos líderes igualmente importantes, el *behike* y el *kacike*. El *behike* era el líder religioso del pueblo que hacía las veces de curandero, maestro, artista principal y árbitro en el juego de la pelota (que era muy importante para los taínos) llamado *batey*. El *batey* era tanto un rito religioso como un deporte, y además servía como el tribunal taíno, para dirimir contiendas. Sin embargo, el *behike* realizaba la mayoría de sus rituales dentro de las cuevas que los taínos consideraban sagradas, y que eran vistas como portales donde los representantes del mundo físico de los seres humanos y del mundo de los espíritus podían reunirse y negociar acuerdos de beneficio mutuo. Esta negociación con el mundo de los espíritus era considerada como una responsabilidad complicada y peligrosa para el *behike*.

bohío—Casa taína común que tenía un alto poste de madera en el centro y varios postes laterales, con paredes tejidas y un techo en forma de cono. En el interior había "tapices" tejidos de yerba natural de muchos colores, *higüeras* para guardar objetos de uso doméstico y *hamakas* para dormir por la noche. En los meses más fríos y en las montañas, una fogata en una especie de hogar redondo de piedra mantenía a todos calientes mientras el humo salía por un agujero central en el techo.

cemí—Ésta es una palabra difícil de definir porque se refiere al mismo tiempo al espíritu o esencia de una persona fallecida, al espíritu o esencia de una de las figuras fundadoras del mundo taíno (que son lo que llamaríamos figuras míticas), a espíritus de la naturaleza, como los huracanes y el mar, y a los objetos físicos y a los símbolos que los representan en pinturas, tatuajes, piedras talladas, cestas tejidas y todo tipo de esculturas. Hay que tener en cuenta que, al igual que los cristianos no adoran directamente la cruz o el crucifijo sino lo que la cruz y el crucifijo representan, del mismo modo los taínos no adoraban los símbolos o esculturas de sus *cemí*, sino lo que representaban.

dujo—Un pequeño taburete para uso de los *kacikes* y *behikes* que era usualmente tallado en madera, a pesar de que se han encontrado algunos tallados en piedra. Los diseños de los *dujos* eran a menudo muy elaborados, y se cree que las caras y los símbolos tallados en ellos intentaban mostrar que la persona sentada allí no estaba sola, sino que estaba siempre acompañada por sus guías espirituales. Los *dujos* con los respaldos más altos eran utilizados para apoyar la cabeza de la persona sentada allí mientras inhalaba el polvo del ritual llamado *kojoba,* que ponía a la persona en un trance breve en el que podía comunicarse más fácilmente con sus espíritus guías.

ektor—La palabra taína para "maíz".

enagua—La palabra entró al español como "enagua". Es una pequeña "falda" para mujeres de algodón que sólo cubre el frente. Sólo las mujeres casadas entre los taínos las llevaban, y cuanto más noble era la mujer, más larga era la *enagua*.

fotuto—Una trompeta de concha. También llamado *guamo*.

guanín—Una mezcla de oro, plata y cobre, *guanín* era una especie de bronce fundido y utilizado por Los Maya y codiciado por Los Taíno, que no sabía oler a metal. Los pueblos indígenas valoraban el *guanín* más que el oro puro porque brillaba más como el color del sol que el oro puro, algo que los españoles nunca entendieron.

guanine—Entre otras cosas, los taínos intercambiaban medallones de *guanín* que ellos llamaban *guanine*, los cuales eran hechos con símbolos del sol y usados solamente por los *kacikes* más poderosos.

guatiao— Los taínos tenían un ritual llamado "*guatiao*" para unir a dos personas juntas como si fueran miembros de la misma familia, sin estar relacionados por nacimiento o casados. Era una ceremonia de intercambio de nombre. Por ejemplo, si dos hombres nombrados Guababo y Akanorex entraron en *guatiao*, Guababo sería para siempre conocido como Guababo-Akanorex y Akanorex como Akanorex-Guababo. De esta manera, sus familiares reconocerían que ellos tenían los mismos derechos y obligaciones familiares a ambos.

¡guay!—Los cronistas españoles anotaron que "*guay*" era la exclamación de sorpresa o emoción más común de los taínos.

güey—La palabra taína para "el sol".

güira—Un instrumento rítmico a menudo llamado "raspador". Los taínos las fabricaron de *higüeras* secas y huecas, con líneas incisas. La mayoría de las *güiras* de hoy en día son de aluminio.

higüera—La palabra taína para "calabaza".

kacikazgo—La gama del poder político de un *kacike*, su "jefatura".

kacike—Igual que como en el cielo hay un sol y una luna, los taínos tenían dos líderes igualmente importantes, el *behike* y el *kacike*. El equivalente más cercano en español de *kacike* es "jefe". Los *kacikes* estaban encargados de decidir cuándo sembrar, cuándo cazar o pescar, cuándo cosechar y cómo dividir los cultivos entre su pueblo. Vivían en una casa rectangular (y por eso especial) que llamaban *kaney*, con una galería cubierta. Vivían con sus esposas (¡a veces hasta 30!) y sus hijos. El *kaney* del *kacike* daba a la plaza principal del pueblo, y los *bohíos* (las casas redondas más comunes) de los otros habitantes eran construidos alrededor de él. Las familias más estrechamente relacionadas al *kacike* construían sus *bohíos* en torno al *kaney* del *kacike*, mientras los *bohíos* de los que no eran familiares cercanos estaban más lejos. Los *kacikes* tenían ciertos tipos especiales de alimentos reservados para ellos, llevaban ropa elaborada durante eventos ceremoniales y eran enterrados con objetos preciosos para que se los llevaran con ellos a *Koaibey*, el cielo taíno.

kakaua— Los taínos probablemente habrían usado la palabra náhuatl "kakaua" para lo que llamamos "cocoa" en inglés y "cacao" en español. Probablemente la habrían mezclado con agua, *ajíes* picantes, canela, harina de maíz y miel, como lo hicieron Los Maya. Las semillas de las que hacemos el *kakaua* en polvo y el chocolate, crecen en las vainas que son del tamaño de un puño y deben ser fermentadas para resaltar el sabor. Las semillas de *kakaua* eran tan valiosas que Los Maya las usaban como dinero.

kaney—A menudo definido como el "palacio" de un *kacike*, era una gran estructura rectangular de madera con una terraza cubierta de paja a un lado para albergar sus *cemí* y donde se celebraban ceremonias especiales. El *kacike*, todas sus esposas y sus hijos vivían en el *kaney*.

Karibe—Los Karibes (de la palabra taína para los "caníbales") eran los enemigos más temidos de los taínos antes de que llegaran los españoles. Los karibes se llamaron kalinago a sí mismo.

kasabe—El "pan" de los taínos, se parece más a lo que llamamos una galleta, para que esté crujiente. Hecho de *yuka* amarga rallada, que es venenosa a menos que todo el *veicoisi* (líquido) es expulsado antes de cocinarla, pero contiene una gran cantidad de calorías y es muy nutritivo. Además, una vez cocido y secado al sol, el *kasabe* se puede ser almacenado por más de un año sin ir rancio, mohoso, o atraer gusanos u otros insectos.

kojiba—Palabra taína para lo que llamamos "tabaco". Parece que los taínos no podían imaginar que cualquier persona no sería familiar con *kojiba*, porque ellos utilizaron la hierba en muchas formas para la sanación, para relajarse, y en una amplia variedad de ceremonias religiosas. Así que cuando los españoles preguntaron de cómo se llamaba, los taínos pensaron que los españoles se preguntaban sobre el tubo de inhalación utilizado para la versión en polvo, que es un "tabaco". Los españoles, sin embargo, pensaban que "tabaco" significaba la hierba, y la palabra se quedó pegada a la hierba tanto en español como en el inglés.

kojoba—Una mezcla alucinógena en polvo de las semillas de Anadenanthera peregrina o Piptadenia peregrina (llamado "tamarindo falso" en la República Dominicana de hoy), además de tabaco verde y concha aplastada (el calcio en la concha aplastada actúa como un catalizador para hacer que la droga tome efecto más rápidamente).

konuko—Huertos taínos muy distintos a los huertos de tala y quema de la mayor parte de los pueblos indígenas de América del Sur. Un *konuko* era una serie de montículos de tierra de alrededor de 6 pies de diámetro y que llegaban como hasta la rodilla, y donde todos los cultivos se sembraban juntos: el maíz y la *yuka,* que proporcionaban la oportunidad para trepar a las habichuelas, además de *ajíes* (chiles picantes), maní, y una especie de calabaza llamada *auyama,* cuyas grandes hojas daban sombra e impedían que crecieran las malas hierbas. Lo más importante era que el montículo de tierra suelta ayudaba a mantener las raíces de las plantas sin que se pudrieran. En las regiones áridas, los taínos construían canales de riego para mantener sus *konukos.*

lerén/lerenes—Un tubérculo que se parece a una papa minúscula, pero cuando está hervida, tiene el sabor de la parte interior y tierna un grano de maíz, con la textura crujiente de las castañas de agua (se le llama "raíz de maíz dulce" en inglés). Cosechadas a finales del otoño, justo antes de que empiecen las lluvias, los *lerenes* son nativos de las islas del Caribe, Venezuela, Colombia, Ecuador, Perú y Brasil. Las investigaciones muestran que estaban entre las primeras plantas domesticadas por los pueblos indígenas de América del Sur.

maraka—Sonajero taíno. Había dos tipos muy diferentes: *marakas* del músico, que normalmente se tocaban sacudiéndolas dos en dos y fueron hechos ahuecados de higüeras secas, con asas conectados, y lleno de semillas o piedras; y la *maraka* del *behike* o *behika* que estaba hecho de una rama de un árbol que estaba muy cuidadosamente vaciada, dejando una bola de madera (el "corazón" de la rama) en el interior que hace un sonido de "clac, clac" cuando se mantiene en una mano y la golpea contra la palma de la otra.

mayoakán—El tambor taíno elaborado de un tronco de un árbol hueco, con la forma de una "H" arriba, que se toca con dos palos. Aunque los taínos tuvieron otros instrumentos musicales, ese era el principal.

papaya—Esta palabra taína para la rica fruta rosada-anaranjada, entró directamente tanto al español como al inglés, sin cambios. Pero en el Caribe hispano-parlante hoy día, frecuentemente se dice "lechosa" porque si se hace una perforación en la fruta verde, sale un líquido que parece leche.

piragua—Semejante a una *kanoa*, pero mucho más grande. Generalmente se utiliza para los intercambios de los bienes comerciales de larga distancia. ¡Algunas eran lo suficientemente grandes como para llevar 100 remeros, además de productos de comercio!

taigüey—Literalmente quiere decir "buen sol" y es la forma de decir "hola" o "buenos días" en taíno.

yuka—Hoy en día, la yuca (que es como se escribe en español) es la más popular de todos los tubérculos taínos. En la época precolombina había muchas variedades de *yuka*, varias de las cuales han desaparecido en la actualidad. *Yuka* amarga todavía se utiliza para hacer casabe hoy, pero *yuka* dulce, que no es venenosa, es pelada, hervida, y se come a menudo con cebolla salteada. ¡Deliciosa!

yukayeke—Sobre la base de la palabra "*yuka*", que era el carbohidrato principal de los taínos, esta es su palabra para una zona residencial de los taínos— como nuestra palabra "pueblo" o "ciudad"—algunos de los cuales llevó a cabo más de 10,000 residentes.

Lynne A. Guitar, Ph.D.

MUESTRA DEL SEXTO LIBRO:

¡Hurakán!
Serie "Taíno Ni Rahú", Libro 6 de 10

Antecedentes históricos

Los dos personajes principales de las series son los taínos Kayabó y Anani, un hermano y hermana. Kayabó tiene 14 años y Anani 12 ½, igual que en el último libro, ya que esta parte de la historia tiene lugar medio mes más tarde, pero aún en octubre de 1490. Viven en Kaleta, un pueblo taíno de pescadores en la Costa Caribeña, justo al este de la actual Santo Domingo, donde aún está asentado el pueblo de La Caleta. Hay muchas, muchas cuevas aquí, incluyendo la Cueva Ni Rahú (Cueva de los Niños del Agua). En la costa occidental de la isla, se encuentra Port-au-Prince, la capital de la República de Haití, una vez conocida como Xaraguá; allí también hay muchas cuevas naturales. La temporada de huracanes es del 1 de junio al 31 de noviembre, pero los huracanes caribeños más feroces y temibles son los que llegan a finales de la temporada, en septiembre, octubre e incluso noviembre.

Lynne A. Guitar, Ph.D.

¡Hurakán!

Lynne Guitar, Ph.D.

Kayabó, Anani y el resto de la familia del viaje comercial a la Tierra de Los Maya se detuvieron en cuatro pueblos pesqueros en camino de Xaraguá a Kaleta, intercambiando sus mercancías comerciales por más sal, hachas de piedra, lanzas, redes de pesca, hierbas medicinales—previamente seleccionados por Anani—*higüeras* (calabazas) elegantemente tallados, pedazos de ámbar, piedras azules y verdes, hermosos collares, plumas de loro y cuentas talladas. Por fin, a media tarde del quinto día después de salir de Xaraguá, entraron a la cala de Kaleta, saludando a su gente. Docenas de miembros de su familia y vecinos se agruparon en la playa para saludarlos con alegría.

Como líder de la expedición comercial, Bamo, el mayor de los padres de Kayabó y Anani, se parado orgullosamente en la proa de la *piragua* (como una *kanoa*, pero más grande), mientras un grupo de hombres y muchachos de Kaleta se dirigían a ayudar empujando el barco a la orilla. Kacike Guabos esperaba justo al borde de la orilla del agua, junto con los dos aprendices de Anani, Kagua y Umatex, las cuatro madres de Kayabó y Anani—Bánika, Kamagüeya, Naneke y Warishe—y sus otros dos padres, Hayatí y Marakay. Al momento que los viajeros-comerciantes bajaron a tierra, fueron recibidos con muchos abrazos, toques de frentes y exclamaciones de cómo algunos de los jóvenes, incluyendo a Kayabó, habían crecido durante el año que estuvieron ausentes.

Kacike Guabos organizó una fiesta de bienvenida y un *areito* (fiesta de canto y baile) esa noche, donde Kayabó, de nuevo, como lo había hecho en Xaraguá, contó a todos de los encuentros que tuvieron con el pueblo maya y las muchas diferencias entre las culturas de los dos pueblos. Majagua y una de sus hermanas mayores modelaron el modo de vestir de la gente en la Tierra de los Maya, y de nuevo hubo risitas dirigidas especialmente a Majagua, ya que él no era una mujer ni de una línea noble, y estaba vestido con algo que parecía ser una *enagua* larga ("delantal"). Entre todos los regalos que se distribuyeron, había un regalo muy especial—la familia le regaló al Kacike Guabos un *guanine* (un medallón de bronce) grande y redondo, grabado con los rayos del sol, similar al que le habían dado al Kacike Bohechío, pero más grande, porque Guabos era su *kacike*.

Se sentía tan cómodo dormir en su propia *hamaka* después de un año de ausencia, pensó Kayabó, tan contento de estar entre todas sus madres, hermanos y hermanas, excepto Anani, que tenía su propia casa en el *bohío* del *behíke* (el hogar del chamán). Kayabó sonrió mientras se subía y se tendía de espalda en su *hamaka*. Ni siquiera importaba que Bamo roncaba muy fuerte o que el bebé recién nacido de su madre Warishe había comenzado a llorar.... Como sabía que sucedería, Warishe debió haber empezado a amamantar al niño, ya que los suaves ruidos de leche reemplazaron al llanto.

Kayabó se despertó justo antes del amanecer, pues había oído o soñado que había oído la voz de su difunto abuelo, Arokael, que lo llamaba. Deslizándose sigilosamente de su *hamaka*, Kayabó salió del *bohío* y se dirigió a la playa, donde los colores emitidos por *güey* (el sol) habían empezado a matizar las nubes de la mañana en suaves tonos de rosa y naranja. Caminó por el delgado tramo rocoso de antiguos corales expuestos que formaban un sendero hacia el mar abierto. "¡Arokael"!, gritó, mirando hacia abajo, donde las olas rompían sobre las rocas. "¡Arokael"!

"Estoy aquí, mi nieto", dijo la voz de su abuelo desde la orilla.

Kayabó retrocedió por las rocas hasta la orilla y allí estaba Arokael, que se había reencarnado en el cuerpo de un joven *karey* (tortuga verde). Kayabó se sentó en la arena a su lado, mientras las suaves olas les mojaban de vez en cuando mientras hablaban.

"Has crecido durante tu viaje a la Tierra de los Maya", dijo Arokael.

"Y tú has crecido más, abuelo", contestó Kayabó.

Arokael se rió, con esa sonrisa tan inusual en una tortuga marina, diciendo: "Es parte de ser joven de nuevo. Los dos crecemos más altos o más grandes, pero seguiré creciendo, mientras que en tus años futuros, tu *goeiz* (espíritu de una persona viva) se vuelve cada vez más corto y más pequeño". Arokael subió más arriba de la línea de pleamar y miró a Kayabó, sin su sonrisa de antes. "Mi querido nieto", le dijo, "una vez más nuestro pueblo está en peligro inmediato. Debes llevarlos a la seguridad".

"¿Qué clase de peligro, abuelo"?, preguntó Kayabó.

"Peligro de Guabancex, le respondió, "la portadora de los vientos destructivos del *hurakán* y sus ayudantes Guatauba y Koatrizkie, portadores de los relámpagos y fuertes lluvias. Es muy tarde en la temporada, cuando la ira de Guabancex normalmente ha pasado. Sin embargo, cuando su enojo llega tan tarde, está aún más furiosa de lo normal y hace visitas sorpresivas desde el norte en vez de venir desde el este.

¡Hurakán!
está disponible ahora en Amazon.com

Lynne A. Guitar, Ph.D.

SOBRE LA AUTORA

Lynne Guitar volvió a la universidad como una estudiante de segundo año con 42 años de edad en la Universidad del Estado de Michigan, graduándose con dos Licenciaturas en Letras, una en Antropología Cultural y otra en la Historia de América Latina. Le otorgaron una beca para la Universidad de Vanderbilt, donde ella ganó su M.A. (Maestría en Artes)y Ph.D. (Doctorado) en la Historia de Latinoamérica Colonial. Otras becas para estudiantes de posgrado le permitieron estudiar en diferentes archivos históricos de España durante medio año; también se le otorgó en 1997-98 una Beca Fulbright de un año para completar los estudios para su doctorado en la República Dominicana en 1997-98. Allí permaneció por 18 años adicionales.

De hecho, Lynne visitó la República Dominicana tres veces: la primera vez por 10 días en 1984, cuando se quedó fascinada por los indios taínos; la segunda vez durante cuatro meses en 1992 como estudiante de pregrado en el extranjero; y la tercera vez, como ya se mencionó, durante 19 años, incluyendo un año para completar la investigación y redacción de su tesis doctoral, *Génesis Cultural: Relaciones entre africanos, indios y españoles en la Hispaniola rural, primera mitad del siglo XVI*. Trabajó en la Guácara Taína durante dos años, era profesora en una escuela secundaria bilingüe en Santo Domingo durante cinco años y en 2004, se convirtió en Directora Residente del CIEE, el Consejo de Intercambio Educativo Internacional, en Santiago, donde dirigió programas de estudios en el extranjero para estudiantes norteamericanos en la universidad principal de la República Dominicana (Pontificia Universidad Católica Madre y Maestra) hasta su retiro en diciembre de 2015. Ahora reside con dos de sus cuatro hermanas en Crossville, Tennessee.

Lynne ha escrito muchos artículos y capítulos para varias revistas y libros de historia, y ha protagonizado más de una docena de documentales sobre la República Dominicana y los pueblos indígenas del Caribe, incluyendo documentales para la BBC, History Channel y Discovery Channel. Su deseo siempre fue escribir ficción histórica. Lynne sustenta que se puede enseñar a mucha más gente con ficción histórica que con ensayos históricos profesionales. Estos son sus primeros libros de ficción histórica que se publican.

Made in the USA
Middletown, DE
21 September 2020